KB142596

수상한 인스타그램

수상한 인스타그램 : 비밀방에 초대합니다
청소년 성장소설 십대들의 힐링캠프, 나다움(초등고학년)
[십대들의 힐링캠프®] 시리즈 NO.52

지은이 | 이소희
발행인 | 김경아

2022년 9월 28일 1판 1쇄 발행
2023년 4월 28일 1판 2쇄 발행(총 3,000부 발행)

이 책을 만든 사람들
책임 기획 | 김경아
기획 | 김효정
북 디자인 | KHJ북디자인
표지 삽화 | 캐롤마인드
교정 교열 | 김윤지
경영 지원 | 홍종남

이 책을 함께 만든 사람들
종이 | 제이피씨 정동수 · 정충엽
제작 및 인쇄 | 천일문화사 유재상

청소년 기획위원
정가인, 양태훈, 양재욱

펴낸곳 | 행복한나무
출판등록 | 2007년 3월 7일. 제 2007-5호
주소 | 경기도 남양주시 도농로 34, 301동 301호(다산동, 플루리움)
전화 | 02) 322-3856 팩스 | 02) 322-3857
홈페이지 | www.ihappytree.com
도서 문의(출판사 e-mail) | e21chope@daum.net
내용 문의(지은이 e-mail) | surryhi@naver.com
※ 이 책을 읽다가 궁금한 점이 있을 때는 지은이 e-mail을 이용해 주세요.

ISBN 979-11-88758-53-1
"행복한나무" 도서번호 : 154

※ [십대들의 힐링캠프®] 시리즈는 "행복한나무" 출판사의 청소년 브랜드입니다.

수상한 인스타그램

: 비밀방에 초대합니다

| 이소희 지음 |

차례

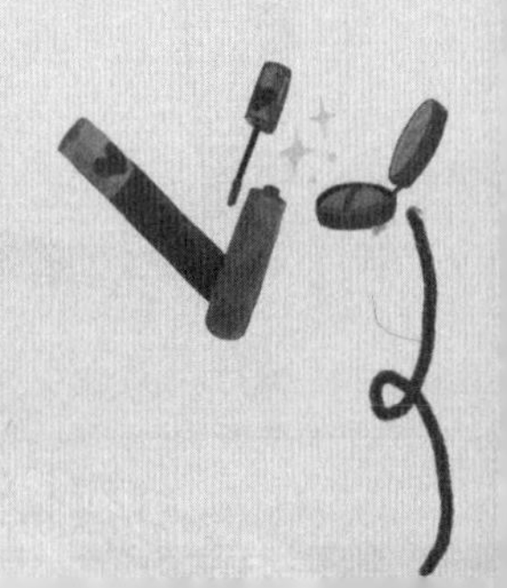

등장인물 소개

김미소(주인공) 말실수 한 번으로 왕따가 되었다. 여리고 순진했던 미소는 왕따를 겪으며 성장해 나가고 '나다움'을 이룩한다.

이소민 까칠하고 쎈캐. 행복하지 않은 가정에서 자랐으며, 미소를 왕따시키는 중심 인물이다. 미소에게 상처 주는 말을 거침없이 한다.

김나윤 같은 말을 두 번씩 하는 귀여운 아이. 좋아하는 교회 오빠와 사귀고 싶어 하며, 끝까지 미소 편이 되어 주려고 애쓴다.

박한나 소민이와 함께 미소를 왕따시킨다. 민호를 좋아하는 마음에 왕따에 가담했지만, 결국 자신이 잘못했음을 깨닫고 후회한다.

최지수 털털한 성격으로 남자애들에게 인기가 많다. 왕따를 당한 같은 아픔이 있었기에 미소에게 진정한 친구가 되어 주고 싶어 한다.

이민호 미소의 첫사랑. 다정한 말로 미소의 마음을 사로잡았다. 미소를 좋아하는 마음은 진심이다.

BTS 오빠들과는 안녕

"미소야."

"김미소, 대답 안 할 거야?"

엄마의 화난 얼굴을 보고 나는 꽂고 있던 무선 이어폰을 귀에서 뺐다.

벌써 몇 번을 불렀는지 엄마의 얼굴에는 짜증이 가득하다.

학원 숙제는 다했느냐는 엄마의 말씀에 아직 덜한 수학 학원 숙제가 머릿속을 재빨리 스쳐 지나갔다.

새로 나온 BTS 뮤직비디오를 보고 있었던 나는 잘생긴 우리 오빠들을 한 번 더 보고 싶었지만, 엄마의 눈초리 때문에 얼른 껐다.

안 그러면 무선 이어폰을 뺏길지도 모른다.

한 달 넘게 조르고 졸라서 산 소중한 내 무선 이어폰이다.

영어 학원에, 수학 학원까지 추가되면서 7년 넘게 다닌 미술 학원은 그만두어야 했다.

BTS 오빠들 그림 그리는 덕질이 내 유일한 기쁨이었는데, 미술 학원만은 계속 다니게 해 달라고 엄마에게 부탁했지만 단번에 거절을 당했다.

6학년이나 된 아이가 무슨 미술 학원이냐면서 말이다.

그만하면 오래 다녔다고 말씀하시니 더는 말을 꺼낼 수가 없다.

6학년 수학은 너무 어렵다. 그런데도 엄마는 나를 괴롭게 한다.

"6학년 수학 진도 빨리 끝내야지. 그래야 중학교 수학 선행할 거 아니야?"

"엄마, 아직 중학교 들어가려면 1년이나 남았다고요. 좀!"

엄마 잔소리에 짜증이 나서 존댓말이 저절로 나왔다.

"애가 뭐래? 중학교 수학이 얼마나 어려운지 너 알고 하는 소리야? 선행하려면 여름 방학 전에 2학기 진도를 끝내야 해. 엄마 친구 딸 수연이 알지? 걔는 벌써 6학년 수학 다 끝냈다더라."

"아~ 좀~ 엄마!"

"아니, 내가 요즘 바빠서 신경을 안 썼더니. 김미소, 정신 안 차릴래?"

"아, 네네."

이럴 때는 그냥 '네네' 하고 대답해야 엄마 잔소리가 1절로 끝나기 때문에 냉큼 대답했다.

엄마는 날 째려보더니 방문을 세게 닫고 나가셨다.

저래 놓고 사춘기가 오더니 애가 변했느니 어쩌니 잔소리를 늘어놓는다.

며칠 전에는 나더러 미술 학원 선생님께 그만 다니겠다고 직접 말하라고 했다.

생각할수록 짜증이 난다.

'이제 6학년인데 그 정도 말은 스스로 할 수 있잖아' 하며 나에게 슬쩍 떠넘겼다.

누가 모를 줄 알고? 엄마도 미술 선생님께 학원을 끊겠다고 말하기 어려우니 나더러 하라는 것쯤은 눈치로 알 수 있다.

선생님께 그만 다니겠다고 말하는데 입이 떨어지지 않아 겨우 말했다.

이게 뭐라고 왜 그렇게 떨리던지. 휴~

어제, 미술 학원.

"선, 선생⋯⋯ 선생님."

동생들 그림을 봐 주시느라 정신없던 선생님은 부른지 세 번 만에 겨우 나를 보았다.

"미소야. 왜? 무슨 할 말 있어?"

"선생님, 엄마가요. 수학 학원 때문에 시간이 없어서 미술 학원 다니기 힘들다고 말씀 드리라고 하셨어요."

떨리는 염소 목소리가 나왔다.

나는 학원 문 앞에서 몇 번이나 마음속으로 연습한 말을 겨우 내뱉었다.

"그렇구나, 알았어. 이제 미소 얼굴 보기 힘들겠네?"

아무렇지 않게 대답하시는 선생님 말씀에 왠지 너무 죄송해서 귀까지 빨개지는 것 같았다.

엄마 왕짜증.

나한테 이런 일이나 시키고. 진짜!

아, 맞다.

수학 숙제! 지금 급한 것은 숙제다.

어쩔 수 없다.

수학 숙제부터 끝내야 한다.

아까부터 했는데도 숙제는 아직 스무 문제나 남았다.

헐~ 그래도 수학 학원에 가면 그나마 친한 나래를 만날 수 있다.

할 수 없이 숙제를 꾸역꾸역하기 시작했다.

잠시 BTS 오빠들과는 안녕.

벌써 6학년

벌써 6학년, 13살이 되었다.

세상에 내가 이렇게 늙었다니.

6학년 교실에 처음 들어선 날, 이상하게 공기가 다르게 느껴졌다.

뭐든지 열심히 잘해야 할 것만 같은 느낌이 든다고 해야 할까?

내가 제일 좋아하는 나래와 초등 마지막인 6학년 때조차 같은 반이 되지 못한 것은 서운했다.

선생님들은 나랑 나래가 절친인 것을 알고 있었을까?

알고 일부러 떨어뜨려 놓을 수도 있다는 생각이 든다.

어떻게 6년 동안 한 번도 같은 반이 되지 않을 수가 있는지 알다가도 모르겠다.

뭐, 내 기분과 상관없이 새로운 교실은 아이들의 수다로 떠나갈 듯 시끌벅적했다.

'도대체 담임은 언제 오는 거야?'

같은 반이 되었다고 서로 손을 맞잡고 깡충깡충 뛰면서 좋아하는 친구들을 보니 괜히 울컥했다.

남자애들은 게임 이야기, 여자애들은 BTS 신곡 이야기, 유튜브에서 새로 나온 아이돌 뮤직비디오에 '좋아요'를 눌렀다는 이야기로 목소리가 점점 커질 때쯤 교실 앞문이 천천히 열렸다.

아! 나도 모르게 소리가 입 밖으로 나올까 봐 입을 얼른 틀어막았다.

실망스럽다.

눈을 비비고 다시 보았지만, 역시나 그 선생님이다.

내 초등 마지막 6학년을 함께할 담임 선생님은 5학년 때 복도에서 뛴다고 크게 혼내고는 반성문을 쓰게 해서 영어 학원에 늦어 학원 선생님과 엄마에게 폭풍 잔소리를 듣게 했던 그 선생님이다.

왕재수. 한숨이 가슴 깊은 곳 어디선가 나오는 것을 간신히 참았다.

나는 그때 정말 살짝 뛰었는데, 그것도 내 실내화 주머니를 가지고 도망치던 현승이를 잡으려고 쫓아갔던 것인데, 선생님은 내 말은 아예 듣지도 않고 현승이와 나란히 상담실에서 반성문을 쓰게 해서 두고두고 억울했다.

"올 한 해 여러분과 함께할 담임 선생님이야. 만나서 반가워!"

'망했네. 난 왜 이렇게 재수가 없는 거야.'

어쩐지 느낌이 싸하다.

별로야.

절친인 나래와 같은 반이 되게 해 달라고 그렇게 빌었는데 결국 다른 반이 되었고, 담임 선생님까지 하필 저런 사람이라니!

왜 나에게 이런 시련이 닥쳤는지 알 수 없을 뿐이다.

게다가 선생님이 오늘은 학기 첫날이니 '자기소개' 시간을 가져 보자고 한다.

친구들끼리 서로 친해질 수 있는 시간을 만들어 보자나? 헐.

최악이다.

'그놈의 지겨운 자기소개! 선생님, 이제 우리 6학년이라고요. 굳이 자기소개 안 해도 다 알아서 친해질 수 있다고요!'

물론 마음속으로만 외쳤지만.

더 싫은 것은 내 이름이 '김미소'라서 해마다 반 번호도 빠른 편이다.

항상 첫 번째 순서는 바로 나일 때가 많았다.

제발 내가 자기소개 첫 주자가 아니길 마음속으로 빌고 또 빌었다.

낯선 아이들 앞에서 첫 번째로 자기소개를 한다는 것은 생각만으로도 끔찍하다. 미친 듯이 떨리는 마음을 억지로 참고 한다는 것을 선생님들은 과연 알기나 할까?

그러다 옆에 앉아 있는 아이와 눈이 마주쳤는데, 그 애는 두 손을 곱게 모으고 기도라도 하는 것처럼 흔들고 있었다.

뭐야, 나와 같은 마음인가 보군.

"이름이 뭐야? 난 김미소."

내가 작게 속삭이듯 말하자 그 아이에게서 김나윤이라는 답이 돌아왔다.

휴~ 다행이다. 이름 초성이 ㄴ이니 내가 첫 번째는 아니다.

"자기소개는 네가 먼저 하겠다. 떨리지?"

격하게 고개를 끄덕이는 나윤이.

나는 소리 내지 않고 입 모양만으로 '떨지마'라고 말해 주었다.

어색한 눈웃음으로 답을 하는 나윤이를 보면서 긴장되었던 내 마음이 조금 누그러졌다.

자기소개 시간이 끝나고 쉬는 시간에 나윤이와 인사를 나누었다.

친하지 않아서 그렇지 사실 6학년쯤 되면 대충 같은 학년들은 서로 안면 정도는 있다.

나윤이는 작년에 나래랑 같은 반이었기 때문에 이미 낯익다.

이름을 잘 몰라서 그렇지.

나는 나윤이에게 나래랑 6학년 때는 꼭 같은 반이 되고 싶었는데 못 되어서 서운하지만, 너랑 같은 반이 되어서 좋다는 묻지도 않은 이야기들을 줄줄 늘어놓았다.

"벌써 친해지는 중? 나도 좀 끼워 주라. 내 이름은 아까 들었지?"

얘가 소민이구나. 생각보다 얼굴이 작고 하얗다.

예쁘지만 친구들이 쎈캐라고 뒤에서 수군대던 아이다.

"난 미소. 김미소고, 얘는 김나윤이야."

"알아. 아까 자기소개 시간에 말했잖아."

이래서 애들이 뒷담화를 했군.

새로운 학년이 시작되면 한동안은 긴장이 된다.

학기 초 눈치껏 얼른 여자애들 무리에 끼어야 하기 때문이다.

그래야 급식을 먹으러 갈 때도, 화장실을 갈 때도 편하다.

어영부영하다가 기회를 놓치면 은따가 될 수도 있어 1년이 힘들다.

그것도 초등 마지막인 6학년이 말이다.

과연 소민이와 친해져도 괜찮을까?

친구들과 함께 있을 때는 잘해 주는 것이 마음 편했다.

그래서 나는 친구들에게 주로 맞추는 편이다.

나래처럼 함께 배려해 주는 친구를 만나면 괜찮은데, 그렇지 않은 친구는 늘 있었다.

소민이가 아까부터 내 얼굴을 똑바로 바라보면서 말했다.

이상하게 내 눈은 소민이 눈을 피하고 있다.

그때 소민이가 자기 앞에 앉아 있던 아이를 불렀다.

"작년에 나랑 같은 반이었던 한나야. 내가 좋아하는 친구."

"안녕? 얼굴은 알고 있었는데 이름은 잘 몰랐네. 아까 미소라 그랬지? 나윤이고."

"어, 맞아. 반가워."

"반가워."

"오늘 학기 첫날이라 빨리 마치는데, 우리 떡볶이 먹으러 가자."

소민이는 '가지 않을래?'가 아닌 '가자'고 한다.

의견을 물어보는 것이 아닌 명령처럼 들리는 말이다.

묘하게 사람을 기분 나쁘게 하는 말투다.

하지만 첫날치고 나쁘지 않은 것 같아 떡볶이를 먹으러 가기로 했다.

학원에 가기 전까지 시간이 있으니까.

떡볶이를 먹으면서 우리는 주로 자기가 좋아하는 아이돌 이야기를 했다.

살짝 어색한 아이들과는 연예인 이야기를 하면서 시간을 때우는 것이 제일 편하다.

누구나 좋아하는 아이돌 이야기를 하면 크게 어색하지 않게 친한 척할 수 있다.

하지만 내가 별로라고 생각하는 아이돌을 다른 친구가 좋아한다고 말할 때는 대충 넘어가 주어야 한다.

거기서 솔직한 마음을 있는 그대로 이야기했다가는 눈치 없다고 따돌림 당할 수 있기 때문이다.

"미소야, 틴트 있어? 좀 빌려줘. 떡볶이 먹으면서 휴지로 닦았더니 다 지워졌네."

"나 틴트 없는데."

소민이는 한나한테 빌려 틴트를 바르면서 다시 나에게 말했다.

"넌 무슨 자신감으로 생얼이야?"

"어?"

소민이가 내 얼굴을 갑자기 빤히 보았다.

별것도 아닌데 얼굴이 달아올랐다.

"아직 화장을 안 해 봐서 어떻게 하는지 모르겠어."

"화장 별것 없어. 유튜브 보고 집에서 따라 하면 누구나 다 할 수 있어."

그러고 보니 나윤이, 한나, 소민이까지 조금씩 비비크림이나 틴트를 바르고 있었다.

엄마가 아직 화장할 나이가 아니라고 해서 관심 없었는데, 오늘 보니 나만 아무것도 바르지 않았다.

애들이 큰 길 건너 대형 마트 안에 있는 화장품 가게를 가자고 했다.

나는 구경만 하려고 했던 틴트를 얼떨결에 하나 샀다.

그러고는 학원 가기 전에 한 번씩 모이자는 말을 남기고는 헤어졌다.

한나는 여기에서 10분 정도 더 걸어가야 하는 한 블록 뒤 빌라에 살았고, 나머지 셋은 학교 바로 앞에 있는 아파트 단지에 살았다.

집으로 올라가는 엘리베이터 안에서 거울 속 내 모습을 보았다.

틴트 하나 발랐는데 내 얼굴은 뭔가 달라 보였다.

뭐 나쁘지 않네.

하지만 현관문 도어 록을 누르는 순간 아차 싶었다.

틴트를 지웠어야 했는데.

이미 엄마가 내 얼굴을 봐 버렸다.

"딸? 뭐 발랐니? 달라 보인다."

"어, 이거? 친구들이랑 화장품 가게에 갔다가 친구 한 명이 줬어. 1+1 상품이었거든."

"예쁘네."

괜히 거짓말까지 하고.

김미소, 그냥 솔직히 말하면 되는데…….

"간식 줄까? 학원 가기 전에 뭐 좀 먹어야지."

"친구들하고 떡볶이 먹어서 배 안 고파. 그리고 숙제할 거니까 내 방에 들어오지 마."

방문을 닫고 얼른 책상 위 손거울을 들어 얼굴을 보았다.

'실키 핑크 1호'를 한 번 더 발랐다.

입술이 반짝반짝해졌다.

좀 괜찮은가 싶어 거울을 이쪽저쪽으로 돌리며 얼굴을 비추어 보았지만, 이내 이마에 자리 잡은 좁쌀 여드름에 눈길이 갔다.

혼자 아까 그 화장품 가게에 빨리 다시 가야겠다는 생각이 들었다.

관심 없는 척했지만, 얼굴의 개기름을 잡아 주는 제품을 얼른 눈으로 스캔해 두었기 때문이다.

6학년 첫날에 한나, 나윤, 소민이와 친해져 무리를 만들었으니 다행이라는 생각이 들었다.

참, 소민이는 괜찮겠지?

소민이가 조금 부담스럽기는 하지만 그래도 뭐 나쁘지 않네.

비밀그램 secret0603

하교 뒤 우리 네 명은 같이 떡볶이를 먹으러 가기도 하고, 수요일처럼 조금 일찍 끝나는 날에는 화장품 가게를 가기도 하고, 놀이터를 어슬렁거리며 돌아다니기도 했다.

집에 와서 생각해 보면 기억도 나지 않는 시시한 대화였지만, 그래도 나는 거기에 끼고 싶었다.

함께 놀고 있을 때도 우리는 핸드폰을 손에서 놓지 않았다.

반 오픈 채팅방에 올라오는 댓글을 읽어야 했기 때문에 네 명은 놀면서도 핸드폰에 눈길이 가 있었다.

– 솔까 우리 반 여자애들 다 못생김 **오후 1:25**

– 가까이서 보면 다 화장빨 **오후 1:28**

– 아, 진한 화장 극혐 **오후 1:34**

남자애들의 어이없는 단톡이 이어졌다.

한심하기는.

남자애들은 확실히 정신 연령이 낮다.

하는 이야기라고는 게임 아니면 축구 이야기, 딱 2개밖에 없다.

단순하고 무식하다.

물론 다 그런 것은 아니지만.

"지들이 뭔데 이따위 글을 남기는 거야?"

"왜 뭔데?"

"지금 반 단톡방에 남자애들 글 올리고 있어. 봐봐. 미친 거 아니야? 어디서 얼평하고 난리."

"아~ 심하네."

내가 톡을 남긴 것도 아닌데, 마지막 내 말에 소민이가 노려보았다.

재빨리 오버하는 말투로 소민이가 하는 말에 장단을 맞추는 말을 내뱉었다.

"이것들이 안 되겠네."

이렇게 해야 내가 편하다.

"참 이건 미소한테 화낼 일이 아니지. 흥분해서 미안해. 하지만 흥분하고도 남을 일이잖아? 맞다. 내가 복수해 주겠어."

"뭐라고 남기려고?"

"있어 봐봐."

– 야, 니들이 화장품 사 줬냐? 웬 난리. 오징어처럼 생긴 것들이. 정신 차려라! 오후 1:50

"와~ 역시 소민이야!"

나는 사이다 톡을 남기는 소민이에게 박수를 치며 엄지척을 했다.

그랬더니 소민이는 기분이 좋아진 듯 씩 웃어 보였다.

나라면 생각만 했지, 그런 톡은 남기지 못했을 것이다.

하지만 소민이는 일단 저지른다.

가끔 이런 소민이가 멋있어 보이기도 한다.

나라면 이런저런 눈치를 살피느라 감히 하지 못할 이야기들을 소민이는 거침없이 해 댄다.

내 성격에는 꿈도 못 꿀 일이다.

그래서 부럽다.

"근데, 있잖아. 에잇, 아니야."

"왜 말을 하다가 말아. 답답하게. 그냥 해."

한나가 말을 시작하려다 말았다.

나윤이가 몇 번을 더 물은 뒤에야 겨우 한나가 말을 이어 갔다.

"혹시나 해서 하는 말이야 진짜로. 너희들 우리 반 남자애 중에 좀 괜찮게 생각하는 애 없어?"

"오! 한나, 너야말로 좋아하는 남자애가 있는 거 아니야? 누구누구? 궁금하다."

"아니, 내가 그렇다는 건 아니고. 절대로 맹세할 수 있어. 벌써 서로 누가 좋은지 은근히 이야기하더라고."

"은근히는 무슨. 야, 남자애들이 지수 성격 좋다고 대놓고 아까 화장실에서 이야기하더라. 하여간 유치하기는."

소민이가 까칠하게 말했다.

소민이는 아무래도 지수를 별로 좋아하지 않는 것 같다.

지수는 성격이 털털해서 남자애들하고 잘 어울리는데, 그 모습을 소민이는 못마땅해 했다.

어쨌든 나는 한나 입에서 진짜 좋아하는 남자애가 있다는 말이 얼른 나오기를 잔뜩 기대했다.

"그냥 니들은 있나 싶어서 물어보는 거지."

"에이, 아닌 거 같은데."

"진짜야."

"난 오징어 같은 녀석들한테 관심 없어."

역시 소민이다.

"난 사실 교회에서 좋아하는 중학생 오빠가 있어."
"오! 나윤이."

생각만 해도 좋은지 나윤이 얼굴이 살짝 붉어졌다.
그러고는 이번에는 내 차례라는 듯 일제히 나를 쳐다보았다.
당황해서 마른기침이 몇 번 나왔다.

"나, 난 없어. 진짜야. 콜록콜록."
"어허, 미소 내가 담배 끊으라고 했지?"
"그래, 요즘 노담 캠페인 광고 텔레비전에 많이 나오더라. 미소는 당장 담배 끊거라."
"미소야, 미안하다. 순진한 너를 물들여서."
"하하하. 아, 너무 웃겨."

나 빼고 세 명이 웃겨서 넘어가려고 했다.
나는 얼굴이 시뻘게진 채 소리를 질렀다.

"야! 재밌냐?"
"너무 웃어서 미안해. 미소야 미안미안."

"치."

"있잖아, 우리 인스타 함께 쓸까? 비밀일기 같은 거 쓰는 곳으로 말이야."

소민이가 느닷없이 말했다.

"인스타?"

머뭇거리면서 나머지 셋은 서로 얼굴만 바라보았다.

"헐, 반응이 왜 이래? 싫어?"

"갑작스러워서. 근데 인스타를 어떻게 같이 쓴다는 거야? 난 인스타를 하지 않아서 어려울 듯."

한나가 답했다.

"어렵긴 뭐가 어렵냐? 난 우리가 많이 친해졌다고 생각하는데. 그래서 말이야, 우리만의 비밀일기를 써 보고 싶단 말이지. 좋아하는 남자애들, 아이돌, 가족 이야기처럼 다른 친구들은 모르는 이야기를 인스타에 쓰는 거야. 어때? 좋지 않냐?"

"오! 비밀일기 같은 건가? 난 좋아! 재미있겠네!"

"나도."

"나도 좋아좋아."

"오케이!"

소민이 말에 나윤이가 격하게 답했고, 나와 한나도 흔쾌히 동의했다.

어떻게 소민이는 인스타에 비밀일기를 쓸 생각을 했을까?

카톡이나 문자 메시지만 할 줄 알았지, 사실 나는 인스타 생각은 하지도 못했다.

인스타는 계정만 만들고 버려두고 있었는데.

먼저 말을 꺼낸 소민이가 인스타에 부계정을 만들고 나머지 친구들에게 아이디와 비밀번호를 가르쳐 주기로 했다. 계정을 우리끼리만 공유해서 함께 쓴다는 것!

소민이는 역시 참신하다.

비밀일기.

뭐가 되었든 있어 보이는 것 같아 멋지다.

우리만의 비밀이 생긴 것 같아서 기분이 묘했다.

갑자기 급 친해진 느낌?

뭔가 무척 설렌다.

자세한 이야기는 단톡방에서 말하기로 하고 각자 집으로 돌아갔다.

혹시 부계정을 만들었다는 소민이 카톡이 올까 봐 학원에서도 손에서 핸드폰을 놓지 못했다.

솔직히 적어야겠지? 비밀을 나누며 친해져 가겠지?

참 좋다.

이렇게 내 마음을 털어놓을 절친이 생긴다는 것이.

나래에게 조금 미안하기는 하지만.

그날 저녁.

소민이가 인스타 부계정을 만들어 단톡방에서 올렸고, 나는 곧바로 인스타에 들어갔다.

드디어 우리 네 명의 비밀일기가 시작되었다.

소민이와 한나도 인스타에 바로 글을 남겼다.

secret0603#♥소민 공쥬♥

인스타로 비밀일기 쓰니까 완전 좋다.

'secret0603'으로 계정 이름 지었는데, 좋지?

비밀 6학년 3반!

내가 원래 한 이름을 짓지? ㅋ

나 오늘 완전 괜찮지 않냐?

오글거려서 너무 대놓고는 안 했지만. ㅋㅋ

11분

secret0603 한 계정이라 누가 썼는지 모르니까 누군지 남기기 ♥소민 공쥬♥

10분 좋아요 1개 답글 달기 ♥

secret0603 이름 너무 잘 지었다. 칭찬해!:) 박한나

9분 좋아요 1개 답글 달기 ♥

secret0603 한나 굿👍 ♥소민 공쥬♥

9분 답글 달기 ♡

secret0603#♥소민 공쥬♥

사실 나도 내 성격이 별로라는 거 알고 있어.

조금 더 생각해 보고 말해야 한다는 것도 알아.

근데 사실 내 성격이 이런 건 우리 부모님 탓이 큰 듯.

우리 부모님은 사이가 좋지 않거든.

아마 곧 이혼할지도 모르겠어.

아마 나 때문에 서로 참고 있는 건지도 몰라. 아닌가?

어쩌면 서로 나를 책임지지 않고 싶어 미루는 중인지도 모르겠다. :(

그 속에서 자꾸 눈치를 보다 보니 성격이 삐딱해졌어.
나도 처음부터 이러지는 않았다고.
8분

secret0603 우리 소민 공주님 힘내! 나윤
7분 좋아요 2개 답글 달기 ♥

와~ 소민이 센데!

아무리 우리끼리 비밀일기 공간이라지만, 첫날부터 이렇게까지 훅 들어올 줄은 몰랐다.

언제나 당당한 소민이었기 때문에 그런 부모님 사정이 있다고는 생각도 못했다. 정말로.

힘들었겠구나 소민이.

엄마, 아빠에게 철없이 행동하던 내 모습이 동시에 떠올랐다.

센 친구로만 생각했던 소민이에게 이런 모습이 있다는 것을 알게 되어서인지 더 친근해진 것 같다.

그동안 이해할 수 없었던 소민이 행동을 조금은 이해할 수 있을 것 같았다. 소민이가 쓴 글에 '좋아요'를 꾹 눌렀다.

secret0603#박한나

이렇게 친해지고
또 비밀일기도 함께 쓸 수 있어서 좋아.
무슨 이야기를 해야 할까 고민해 봤어.
아무래도 나도 우리 집 이야기부터 해야겠지?
우리 집은 사실 좀 형편이 어려워.
너희들이 생각하는 것보다 훨씬 더 많이.
2년 전에 아빠가 하던 사업이 잘 안 됐거든.
그래서 동생과 난 다니던 학원부터 끊어야 했고.
한 번씩 동생이 엄마에게
투정 부리는 것을 보면 막 화가 날 때도 있다니까.
또 한 가지 아빠가 요즘 자주 술을 드셔서 고민이긴 해.
참, 내가 그동안 하교 뒤 빨리 집에 가는 이유는
음~ 놀다가 같이 간식이라도 사 먹게 되면,
난 돈이 없기 때문이야.
말하고 나니 속이 시원하다.
맨날 너희들이 수업 끝나자마자 집에 간다고 놀렸지만
자존심 때문에 이런 말 할 수 없었거든.
조금씩 너희들에게 솔직해져 볼게. 진짜로.
5분

secret0603 조금 더 네 마음 배려하도록 노력할게. 미소미소
4분 좋아요 2개 답글 달기 ♥

secret0603 나두나두. 나윤

3분 좋아요 2개 답글 달기 ♥

그랬구나.

그래서 한나는 핸드폰 액정 화면이 깨졌는데도 그냥 들고 다녔던 것이구나.

그동안 마음이 어땠을까?

지난번 화장품 가게에서 몇 번이나 틴트를 들었다가 놓던 한나의 모습이 떠올랐다.

다음에는 못 이기는 척 1+1 제품을 사서 한나와 나누어 가져야겠다.

한나가 쓴 글에도 진심을 담아 '좋아요'를 꼭 눌렀다.

내 마음이 한나에게 전해지기를…….

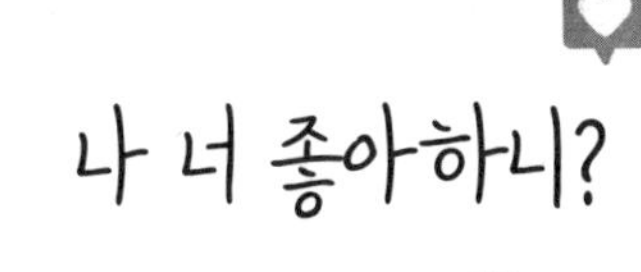

따뜻하고 나른한 봄날.

점심시간 이후 5교시 국어 시간, 눈꺼풀이 내려갔다 올라갔다 하는 중이다.

오늘따라 왜 이렇게 졸리지?

선생님은 '비유법'을 설명하고는 모둠별로 모여 비유법이 들어간 표현을 함께 적어 보라고 말씀하셨다.

'비유법이 대체 뭐가 중요하다는 거야? 에고.'

같은 모둠 친구들은 자신이 생각한 비유적 표현을 하나둘 말하기 시작했다.

"'마음이 천사처럼 고운 우리 선생님' 어때? 좋지 않냐? 비유법 딱 들어가 주시고."

"야, 담임한테 아부 떨고 싶냐? 그런 건 혼자 해라. 제발."

나윤이가 현승이 말을 딱 잘랐다. 나이스!

"뭐, 좋기만 한데."

현승이가 나윤이를 한 번 째려보더니 나에게 물었다.

"넌 뭐 생각나는 거 없어?"

나는 아무 생각도 나지 않았다.

애들아, 워워. 난 지금 비유법에 신경 쓸 정신이 없단다.

사실 나는 비유법보다 옆 모둠에 있는 민호가 더 신경 쓰였다.

아니, 신경이 쓰이다 못해 사실은 죽을 것 같다.

6학년이 된 뒤 나래와 한 반이 되지 못했던 섭섭함을 싹 날려 버릴 만큼 요즘 민호가 신경 쓰이는 중이다.

사실 민호와는 몇 마디 나누어 보지도 못했다.

민호가 적극적으로 여자애들한테 말을 잘하는 스타일도 아니고, 나도 뭐 그런 편이기 때문이다.

사실 민호는 촐싹대는 다른 남자애들과 달라 더 멋져 보인다.

특히 내 앞에 앉은 현승이와는 달라도 너무 다르다.

그냥 안경 쓴 모습이 좀 괜찮다고 생각했는데, 며칠 전 발생한 사건으로 민호가 신경 쓰이기 시작했다.

너무나도.

일주일 전.

그날 우리 반은 옆 반 친구들과 체육 시간에 피구 시합을 했다.

남녀 함께 피구 시합을 했는데, 세 번 경기를 진행해서 진 반의 담임 선생님이 아이스크림을 내기로 했다.

아이스크림이 걸려 있어서인지 아이들 눈빛은 여느 때보다도 진지했다.

이왕이면 이기고 싶은 마음에 다들 눈에 불을 켜고 뛰었다.

첫 경기는 당연히 우리 반이 이겼다.

우리 반 애들은 환호했고, 벌써 다 이긴 경기인 것처럼 흥분했다.

누군가 옆 반 선생님께 설레발치며 말했다.

"선생님, 전 설레요가 제일 좋아요!"

그 소리가 나오는 순간 옆 반 친구들은 분해하면서 씩씩거렸다.

그래서였을까? 다음 경기는 옆 반 친구들이 목숨 걸고 시합을 하더니 이겨 버렸다.

흥분에 흥분은 더해 가고, 힐끔 보니 여러 교실에서 우리가 피구하는 운동장을 바라보고 있는 것이 느껴졌다.

경기는 공평하게 1:1로 진행되고 있는데, 쉬는 시간을 알리는 종이 울렸다.

아이들은 승부를 보고 싶은 마음에 흥분을 쉽사리 가라앉히지 못했다.

"선생님, 우리 다음 시간에도 이어서 승부를 내요. 이렇게 끝내면 찝찝하잖아요? 네? 대신 다음 시간에 열심히 공부할게요. 네? 선생니임~아~~~"

남자애들의 변성기 충만한 목소리에 어울리지 않는 애교 섞인 목소리가 살짝 당황스러웠다.

두 선생님은 잠시 말씀을 나누시더니 허락했고, 두 시간에 걸쳐 피구 시합이 이어졌다.

이제는 물러설 곳이 없다!

반드시 우리 반이 이겨야 했다.

그럴수록 특히 옆 반 남자애들은 의지를 불태우며 우리 반 친구들을 공격하는 데 힘을 쏟았다.

힘껏 힘을 실은 탓에 맞으면 제법 아플 정도로 공을 세게 던졌다.

우리 반 친구들이 하나둘 공에 맞기 시작했고, 수비하는 우리 반 친구는 결국 나와 민호만 남게 되었다.

"아싸! 3반 미소, 민호밖에 안 남았고."

이제 옆 반 남자애들은 만만한 나를 아웃시키기 위해 집중적으로 공을 던지기 시작했다.

치사한 것들.

아슬아슬하게 피하면서 내 심장은 쫄깃해졌다.

'나 때문에 우리 반이 질 수는 없지!'

그 순간 옆 반 동욱이가 팔을 젖혀 나에게 정말 있는 힘껏 공을 던졌다.

도저히 빠른 공을 잡을 자신이 없어 어깨가 저절로 움츠러들면서 눈을 질끈 감아 버렸다.

그 순간 민호가 내 옆으로 빠르게 달려오는 것을 보기는 했다.

그러고는 어떻게 된 일인지 공은 내가 아닌 민호의 어깨에 세게 부딪혔고, 이어서 내 오른쪽 다리에 부딪혔다.

'이게 무슨 일이야?'

내가 어리둥절한 사이 잠시 침묵이 흘렀고, 곧이어 옆 반 아이들은 나란히 수비에 실패한 우리 둘을 바라보며 '와' 하고 승리의 함성을 질렀다.

정신을 차리고 보니 내가 순간 멈칫하는 것을 본 민호가 내 오른쪽 어깨에 자기 몸을 바짝 붙여 대신 공을 맞은 것이다.

오 마이 갓!

이런 대박 사건이 일어났지만, 아이들은 지거나 이겼거나 이미 아이스크림에 정신이 팔려 민호가 나 대신 공을 맞은 일에 별

관심을 두지 않았다.

결코 아무도!

두 시간에 걸친 피구 경기는 우리 반이 지고 말았다.

결국 아이스크림은 우리 담임 선생님이 샀고, 아이스크림이 오자마자 아이들은 저마다 자기가 좋아하는 아이스크림을 하나씩 집었다.

민호는 아이스크림을 들고 나에게 달려왔다.

아무렇지 않은 척하고 있었지만, 내 가슴은 뛰기 시작했다.

왜 이래 김미소. 진정하자.

설마 내 심장 소리가 민호에게 들리지는 않겠지?

"괜찮아?"

"어…… 너야말로 아까 나 대신 공 맞았는데 아프지 않았어?"

"괜찮아! 아까 동욱이가 얼마나 공을 세게 던지던지 그 순간 맞으면 네가 아프겠다는 생각이 들었어."

"고, 고마워."

"뭘."

아이스크림을 주고 새삼 쿨 하게 돌아서서 수돗가로 가는 그 애를 바라보며 나는 세상이 멈춘 듯한 느낌에 멍하니 서 있었다.

아이스크림을 입에 문 채로 손을 씻는 민호에게서 눈을 뗄 수가 없다.

나…… 민호를 좋아하게 된 거야?

한나가 정신이 반쯤 나간 나를 보며 공에 맞은 다리가 많이 아프냐고 물었다.

그러고는 내 왼쪽 다리를 붙잡으며 보건실로 갈 것이냐고 물었다.

물론 공에 맞은 다리는 오른쪽이지만 말이다.

나는 전혀 괜찮지 않았다.

'나 솔로 탈출하는 거야?'

심장이 점점 더 빠르게 뛰었다.

그 사건 이후 내 기분은 시소처럼 하루에도 좋았다 나빴다를 수없이 반복했다.

수업 시간에도 민호의 얼굴에 눈길이 자주 멈추는 일이 많아졌다.

그러다 눈이 마주치면 멈칫하다 얼굴이 빨개지곤 했다.

먼저 좋아한다고 고백해 볼까? 이렇게 생각했다가도 나 혼자서만 민호를 좋아하는 것이라면 어쩌지 하는 마음이 들었다.

미쳤어, 미쳤어, 김미소.

어쩌려고?

민호도 나를 좋아할지 모른다고 착각하고 선부른 고백을 했다가 아니라는 답이라도 듣는 날에는 죽고 싶은 마음이 들 것 같았다.

모쏠 13살 김미소의 인생에 그런 흑역사를 남길 수는 없었다.

그런데 아까부터 나윤이가 내 팔꿈치를 친다.

"미소야, 정신 차려! 야."

헉, 그제야 민호 생각에 잠시 나갔던 내 정신이 돌아왔다.

"미소는 비유법에 대해 심하게 고민하는 중이니?"

언제 왔는지 모르겠지만 선생님이 내 옆에 계셨다.

일부러 웃음기 빼고 심각하게 말씀하시는 선생님 때문에 몇 몇 애들이 킥킥 댔다.

민호가 볼까 봐 최대한 아무렇지 않은 표정을 지으려고 무지 애썼지만, 자꾸만 얼굴이 불타오른다.

부끄럽다. 어디로 사라지고 싶다.

진심 쪽팔려.

"미소가 힘든 거 같으니 모둠 발표는 다음 시간에 이어서 할까?"

"네에."

선생님은 나를 두 번 죽이셨다.

수업이 끝난 뒤 반 애들이 내 옆자리를 지나가면서 네 덕분이라며 계속 놀려 댔다.

다른 것쯤이야 한 번 쪽팔리고 지나가면 되지만, 민호가 나를 어떻게 생각할까 너무 걱정되었다.

지금은 민호에게 잘 보이고 싶은 마음만 가득한데. 이것 무슨 개망신이람.

하지만 저녁 8시쯤 민호에게서 운명처럼 카톡이 왔다.

'어떻게 해!'

아무 생각 없이 핸드폰을 보고 있는데, 카톡 메시지 '1'이 뜨는 순간 알았다.

이것은 민호야.

반드시!

떨려서 죽을 것 같았지만, 바로 확인하지 않았다.

핸드폰만 쳐다보고 있는 것 같은 이미지를 민호에게 주고 싶지 않다.

일부러 5분 뒤 카톡을 확인했다.

그 정도면 적당한 시간인가?

너무 늦게 확인해도 예의가 아니니까.

– 미소야, 괜찮은 거지? 아직도 다리에 멍이 조금 있던데. 오후 8:01

언제 봤대? 내 오른쪽 다리에는 멍 자국이 아직도 남아 있다.

– 응, 괜찮아. 별거 아니야.^—^ 오후 8:06

그냥 쿨 하게 '응'만 할 것을 그랬나?

– 내가 조금 더 빨리 움직였으면, 네 다리에 공이 맞지 않았을 건데. 지금 생각해도 미안해. **오후 8:08**

– 미안하긴, 내가 고맙지. **오후 8:10**

– 그래도. **오후 8:11**

민호야, 너 계속 이러면 나 정말 착각할 수도 있단 말이야. 너도 날 좋아한다고.

– 주말 잘 보내고, 월요일에 학교에서 보자. **오후 8:12**

– 응, 너도 주말 잘 보내.^—^ **오후 8:12**

주말에 혹시 뭐 해? 이 말은 입 안에서만 맴돌 뿐 나오지 않았다.

너무 들이댄다고 생각할 것 같았다.

왜 하필 오늘이 금요일이냐고?

월요일이었으면 얼마나 좋아.

평소라면 생각하지도 않았을 마음의 소리가 저절로 나왔다.

정말로 궁금했던 '너도 나 좋아해?'는 차마 묻지 못하겠다.

어떻게 하면 부끄럽지 않게 고백할 수 있지? 친구들에게 물어보면 알까?

나는 마음을 억지로 진정시킨 뒤 인스타에 들어갔다.

secret0603#♥소민 공쥬♥

며칠째 엄마 아빠가 한마디도 안 해.
숨이 콱콱 막힌다.
집에서도 편히 있을 수가 없네. 정말.
차라리 학교에 있는 게 마음이 편한 듯.
아~ 학교에는 오징어 같은 남자애들이 있구나.
아이씨. 같잖게 얼평이나 하고
얼마 전에는 지들끼리 우리 반 여자애들 인기 순위를 매기더라.
내가 화장실 지나가면서 들었거든.
뭐 지수가 1등이니 어쩌네 하더라?
내가 또 가만히 있을 수 없잖아.
"선생님, 여기 남자애들 화장실에서 이상한 짓해요!"
확 소리 지르니까 놀라서 도망가더라.
물론 나 혼자 생쇼를 한 거지. ㅋ
남자애들 놀라서 뛰는 꼴을 함께 봤어야 했는데. ㅋ 아쉽다.
참, 지금 가만히 생각해 보니 2등은 누군지 못 들었네.
뭐 많이 궁금한 건 아니고.

내가 니들한테만 물어보는 건데
그래도 지수보다는 내가 낫지 않아?
아무튼 우리 부모님은 곧 이혼할 듯.
그럼 난 누구 따라가야 되냐? 엄마? 아빠?
공부하기도 힘든데 이런 고민까지 해야 되는 내가 불쌍하다.
근데 나윤아
지난번 네가 말한 그 교회 오빠 잘생겼냐? 궁금하다.
이 와중에 궁금. ㅋ
20분

secret0603 ♥
18분 답글 달기 ♡
secret0603 에궁. 불쌍한 우리 소민이. 박한나
17분 좋아요 2개 답글 달기 ♥

secret0603#나윤

미소야, 다리 괜찮은 거지?
그리고 우리 소민 공쥬가 물어보니
또 대답을 해 주는 게 인지상정!
얼마 전부터 그 교회 오빠가 너무 좋은 거 있지?
우리 동네로 그 오빠네 집이 이사 오면서 최근에 알게 되었는데
중2야. 진짜 잘생겼어. 연예인 누구 닮았더라?
BTS 오빠들 조금 닮은 듯. 아주 조끔.
미소 날 너무 미워하지는 마라. 내 눈에는 그렇게 보인다고!

무튼 이 오빠 진짜 잘생겼는데
얼굴에 여드름도 하나 없는 거 있지. 대박이지?
게다가 목소리도 엄청 좋아.
그리고 얼마 전 내 이름을 어떻게 알았는지
세상에, 날 부르는 거야.
그 순간 심장이 멎는 줄 알았잖아.
애들아, 원래 이런 거야? 누군가를 좋아하는 마음이? :)
난 요즘 그 오빠만 생각하면 좋아서 자다가도 웃음이 난다니까.
나 교회 진짜 열심히 다닐 거야. 나 웃기지? ㅎㅎ
얼마 전에 내가 그 오빠한테 어느 중학교에 다니는지 물어봤는데
ㅇㅇ중학교라고 말해 주더라고.
이건 나를 그래도 좋게 생각해 주는 거 맞지?
싫어하는 애한테 굳이 학교 이름까지 말해 주지는 않으니까. 맞지맞지?
혼자 설레발이 심한가?
요즘 그 오빠만 생각나 정신을 못 차리겠어!
미친 척하고 그 오빠 학교 앞으로 한번 찾아가 봐?
15분

secret0603 나윤이가 간다면 따라가 주겠음. 미소미소
15분 좋아요 1개 답글 달기 ♥
secret0603 역시 미소밖에 없다. 내 사랑! 나윤
14분 좋아요 2개 답글 달기 ♥

오늘 인스타 분위기를 보니 고백하는 방법을 물어보기는 글

렸다.

그런데 아무나 붙잡고 물어보고 싶다.

도대체 어떻게 사귀자고 고백해야 하냐고요?

내 비밀 1호 민호

친구들과 기다렸던 현장 체험 학습을 가는 날이다.

특히 이번 현장 체험 학습은 졸업 앨범에 들어갈 사진도 함께 찍는다고 했다.

반 아이들 모두 온갖 멋을 다 부리고 왔다.

애들을 보다가 내 모습을 보니 좀 더 신경 쓸 것을 그랬나 싶은 후회가 들었다.

내 머리카락은 약간 곱슬거리는 편이다.

머리카락 길이가 묶기도 풀기도 어중간해서 그냥 하나로 묶었는데, 아까부터 앞머리 몇 가닥이 자꾸 삐치면서 신경이 쓰인다.

아침에 엄마에게 드라이기로 머리를 예쁘게 말아 달라고 해서 조금 더 신경 쓰고 올 것을 하는 후회가 뒤늦게 들었다.

소민, 한나, 나윤이까지 평상시보다 예쁘게 꾸미고 온 모습을 보니 더욱 주눅이 든다.

급하게 틴트라도 발라야 하나? 휴!

민호가 내 모습을 보고 실망하면 어쩌나 싶었다.

하기는 민호에게 내 외모 따위가 무슨 상관일까.

시무룩한 내 모습을 보았는지 나윤이가 다가와 팔짱을 꼈다.

"우리 미소 씨, 표정이 왜 그러셔?"

"내 표정이 어때서? 뭐?"

별일 아니라는 듯 굴었지만 내 얼굴은 썩은 표정을 짓고 있었나 보다. 아마.

"지금 네 표정이 우리 집 뽀미랑 똑같은데? 딱 사고 치고 혼날까 봐 기죽은 모습이랑 어쩜 이렇게 똑같을까나?"

"야! 진짜! 내가 강아지냐?"

"그냥 그렇다고. 하도 네 얼굴이 기죽어 보여서 이 언니가 농담 좀 했다. 발끈하기는."

"다들 예쁘게 하고 왔잖아. 근데 나만 오늘 별로인 것 같아서. 앞머리도 이 지경이고 말이야."

아까부터 신경 쓰였던 앞머리 몇 가닥을 들어 보였다.

나윤이 머리카락은 차분해 보였다.

나윤이도 나처럼 곱슬머리인데 오늘따라 찰랑거린다.

어떻게 된 것인지 물어보니 어제 엄마를 졸라 미용실에서 머리를 차분히 만들어 주는 펌을 했다고 한다.

그런 방법이 있었군.

그때 소민이와 한나가 다가왔다.

"야, 우리 신경 쓰고 온 김에 사진이나 많이 찍자."

소민이 말에 나윤이와 한나가 동시에 핸드폰을 꺼냈다.

그때 두 핸드폰을 빠른 눈빛으로 살펴보던 소민이는 재빠르게 나윤이 핸드폰을 집어 들었다.

"이걸로 찍자!"

순간, 한나의 표정이 살짝 어두워지는 것을 보았다.

하지만 소민이는 그런 한나를 조금도 신경 쓰지 않고 얼른 나윤이와 어깨동무를 하며, 나에게 함께 포즈를 취하라는 손짓을 보냈다.

나는 한나의 팔을 잡아 친구들과 함께 찍는 핸드폰 앞으로 당겼다.

그리고 한나에게 억지로 미소를 지어 보였다.

'기분 풀어.'

꽤 여러 번 사진을 찍고, 네 명이 다 괜찮게 나온 사진을 확인하고 난 뒤에야 한나의 표정이 한결 나아졌다.

"6학년 3반 모여라! 조금 뒤에 반별로 모여서 졸업사진 찍을 테니 한 번씩 서로 얼굴 확인해 주고, 이에 고춧가루 같은 거 안 끼었나 봐 주고."

우리는 서로 얼굴을 마주 보며 선생님 말씀에 키득거렸다.

모두 최대한 예쁘고 멋있는 표정을 지으며 단체 졸업사진을 찍었다.

사진 찍는 시간이 끝난 뒤 각자 준비해 온 도시락을 꺼내 함께 먹었다.

우리 네 명 중 엄마가 싸 주신 도시락을 가져온 친구는 나윤이밖에 없었다.

소민이는 그냥 보아도 가게에서 산 김밥이었고, 한나는 편의점에서 산 삼각 김밥과 음료였다.

졸업사진 찍는데 조금이라도 날씬한 모습으로 남고 싶어서 나는 엄마표 도시락도 포기했다.

그러고는 동네 빵집에서 샌드위치를 하나 사 왔다.

"밥 먹으면 살쪄 보인단 말이야. 엄마는 딸이 졸업사진에서 뚱뚱해 보였으면 좋겠어?"

엄마에게 쏘아붙이고 아침에 집을 나섰다.

그런데 친구들의 도시락을 보니 아침에 엄마에게 투정 부렸던 것이 죄송하다.

나윤이가 다행히 김밥을 넉넉히 싸 와서 함께 나누어 먹었다.

당연히 나윤이가 집에서 싸 온 김밥보다 맛은 좋지 않지만, 소민이의 치즈김밥도 맛있었다.

한나의 음료수도 한 입 마시고는 맛있다고 호들갑을 떨어 주었다.

어쩐지 그렇게 하고 싶었다.

그래야 내 마음이 편할 것 같다.

점심시간이 끝난 뒤 학교로 돌아가기 전까지 30분 정도 자유시간이 주어졌다.

사진 찍는 친구들, 선생님과 이야기를 나누는 친구들, 미친 듯이 뛰어다니는 남자애들까지 모두 웃느라 정신없었다.

내 사랑 민호까지도.

사실 조금 전부터 민호한테 같이 사진을 찍자고 말하고 싶었지만, 도저히 그런 말을 할 용기가 생기지 않는다.

아까부터 민호와는 눈이 계속 마주치기만 할 뿐이다.

더군다나 소민이나 한나가 보면 내가 민호를 좋아하는 것을 눈치챌지도 모른다.

그러거나 말거나 미친 척 함께 찍자고 말해 볼까 하는데, 지수가 갑자기 나에게 다가왔다.

"미소야, 사진 함께 찍고 싶은데."

"어? 어. 그럴까? 한나랑 나윤이도 같이 찍어도 되지?"

"그럼."

소민이는 아까부터 나무에 기대서 나, 지수, 한나, 나윤이 이렇게 넷이서 사진 찍는 모습을 못마땅한 표정으로 쳐다보고 있었다.

신경은 쓰였지만 그래도 지수의 말을 거절하기가 싫었다.

집으로 오는 내내 소민이는 괜히 짜증을 냈다.

사진 한 장 찍는 것이 뭐 대수라고.

왜 소민이는 지수를 싫어하는지 모르겠다.

자기보다 지수가 남자애들한테 인기가 많아서 질투하는 것일까? 설마?

학교에 도착하고 나서도 소민이는 정말 기분이 나쁜지 담임 선생님의 집에 가도 좋다는 말씀이 끝나자마자 쌩하니 말도 없이 집으로 가 버렸다.

현장 체험 학습이 끝나고 학원까지 다녀오니 어쩐지 피곤했다.

그래도 오늘은 정말 김미소 인생의 가장 역사적인 날이다.

인스타에 뭐라고 적지?

자랑하고 싶은 마음에 가슴이 간질간질했다.

민호를 좋아하게 된 이야기?

아무에게도 말하지 않았지만, 민호가 조금 전 나에게 사귀자고 말한 대박 사건 이야기?

따지고 보면 내가 들이댔으니까 먼저 고백을 한 것일까?

아직 말하기 부끄러운데.

아니지.

인스타는 우리가 더 친해지려고 쓰기 시작했으니 솔직하게 내 마음을 적어야 하지 않을까?

그래도 망설여지는 것은 어쩔 수 없다.

지금 생각해 보면 매우 용감했었다.

한 시간 전 민호에게 'ㄴㄴㅈㅇㅎ' 하고 카톡 메시지를 보내 버린 것이다.

사실 보내려고 했던 것은 아니었는데, 참지 못하고 결국 그렇게 되었다.

메시지를 적고 책상에 턱을 괸 채 얼마나 핸드폰을 노려보고 있었을까?

메시지 창에 화살표만 깜빡깜빡하고 있는데, 손가락이 나도 모르게 화살표를 눌러 버렸다.

'헐, 나 미쳤나 봐. 어떡해? 이건 손가락이 저절로 움직인 거야. 근데 민호가 싫다고 하면 내일부터 학교에서 민호 얼굴을 어떻게 보려고 이런 거야? 오늘 무슨 요일이야? 수요일인데. 미쳤어, 미쳤어. 진짜! 김미소.'

발만 동동 구르고 있는데 그 순간 '1'이 재빠르게 사라졌다.

'민호가 봤나 봐. 미치겠다.'

민호의 번호가 뜨면서 바로 전화가 왔다.

최대한 아무렇지 않게 전화를 받아야만 했다.

방문을 재빨리 잠갔다.

"여보세요?"

"미소야, 너 이게 무슨 뜻이야? 근데 나한테 보낸 거 맞아?"

"응. 그거……."

에라, 모르겠다.

이판사판이다.

이렇게 된 것 솔직히 말하는 수밖에.

"메시지 그대로야."

"그럼 날 좋아한다는 말이야?"

"응. 넌 어때? 그러니까 음, 너도 날 좋아하냐고 묻는 거야."

"사실 나도 좋아. 네가 먼저 말해 줘서 더 좋아."

'오 마이 갓! 어떻게 해!'

전화를 받고 있지 않은 손으로 가슴을 부여잡았다.

손끝에서 미친 듯이 뛰는 심장이 느껴졌다.

놀이공원에서 롤러코스터를 탔을 때도 지금보다 떨리지 않았다.

그래도 최대한 염소 소리는 내지 않으려고 목소리를 가다듬으며 민호에게 말했다.

"그랬어? 너도 날 좋아하는 줄 몰랐어. 네가 어느 순간부터 좋아져서 솔직하게 그냥 말해 보고 싶었던 거야."

"사실 피구 시합 날 이후 쭉 널 지켜봐 왔어. 좋아하고 있었다고 나도."

'세상에 나랑 같았잖아? 조금 더 빨리 말할 걸!'

"용기가 나질 않아 말하기 어려웠는데, 네가 먼저 말해 줘서 고마워."

"이렇게 고백하는 거 네가 처음이야."

"나도 그래. 그럼 우리 오늘부터 1일?"

"좋아. 참! 아직 반 애들한테는 비밀이야. 괜찮지?"

"응, 나도 같은 생각이야."

역시 우리는 잘 맞는다니까.

"내일 학교에서 봐."

"응 내일 봐. 미소야, 오늘 졸업사진 찍을 때 네가 제일 예뻤어."

"고마워."

'민호야, 어쩌면 넌 이렇게 예쁜 말만 하니?'

내가 지금 꿈꾸는 것 아닌가 싶어서 전화를 끊고 나서도 어안이 벙벙하다.

하지만 엄마가 밥 먹으라며 고함치는 소리를 들으니 꿈이 아닌 것이 확실하다.

"김미소, 한 번 말하면 좀 바로 올 수 없어? 꼭 몇 번을 부르게 만들어. 아무튼 마음에 안 들어 요즘."

"알았다고요. 중요한 일이 있어서 못 들었어요."

"중요한 일이 뭔데?"

"아니…… 아니야."

"왜 말을 하다 말아? 싱겁기는. 얼른 밥 먹고 내일 학원 숙제하세요."

"에휴, 알았어. 안 그래도 하려고 했어요."

'미안하지만 엄마, 인스타 먼저 쓰고요!'

"미소가 요즘 우리 집에서 제일 바쁘네."

아빠가 한마디 하시는 틈을 타서 나는 얼른 학원 숙제가 많다는 것을 강조하기 시작했다.

"그렇지? 아빠, 나 요즘 너무 힘들어."

"힘들면 안 되지. 아직 초등학생인데. 잘 노는 게 더 중요한 시기인데 말이야."

"그니까. 잘 놀 수가 없어. 아빠, 학원 숙제가 많아도 너무 많아."

결국 아빠 입에서 애가 너무 힘들어 하면 학원을 줄이라는 말이 나왔다.

엄마는 아빠에게 당신은 가만히 있는 것이 도와주는 것이라며 쏘아붙였다.

당연히 분위기는 싸늘해졌다.

눈치 없이 한마디만 더 하면 엄마에게서 등짝 스매싱이 날아올 것 같아서 입을 다물었다.

밥을 먹으면서도, 숙제를 하면서도 내 마음속은 민호로 꽉 차 있어서 가슴이 몽글몽글했다.

부끄럽지만 오늘은 인스타에 내 비밀 1호 민호와 사귀는 이야기를 적어야겠다.

도저히 그냥 있을 수 없다. 절대로.

secret0603#미소미소

나 할 말 있어! 애들아~
나, 나 민호랑 사귀기로 했어.
좀 전에.
심장이 터질 듯!
니들한테 제일 먼저 말하고 싶어서 남겨.
기분이 넘 얼떨떨하고 이상하기도 해.
나 남친은 민호가 처음이거든.
자세한 건 내일 만나서 얘기할게.^-^

10분

secret0603 진짜야? 대애~박! :) 우리 반 민호 맞지? 진짜 대박!! 좋다좋다. 미소가 시작했으니, 나도 고백해야지. 나윤

9분 좋아요 1개 답글 달기 ♥

secret0603 내일 자세히 알려 줘야 해. 나도 그 오빠랑 잘해 보고 싶단 말이야. 정말로. 생각만 해도 너무 좋으다.ㅎㅎ 나윤

8분 좋아요 2개 답글 달기 ♥

내가 인스타에 글을 올린 지 얼마 되지 않아 나윤이가 댓글을 바로 달았다.

떨려서 정신이 하나도 없다.

오호라~ 나윤이도 좋아하는 오빠와 잘해 보고 싶다고?

응, 알려 줄게.

먼저 들이대기 정신으로 모쏠 탈출 작전!

한나가 왜 그럴까?

학교에 도착하니 나윤이가 빨리 복도로 나오라며 손짓을 보냈다.

실내화를 신은 두 발을 동동 굴렀다.

"어머어머, 미소야. 대박대박!"

나윤이는 같은 말을 두 번씩 꼭 말하고는 한다.

지금처럼.

그래도 귀엽다.

"진짜야? 민호랑 진짜 사귀는 거냐고."
"진짜니까 글 남겼지."

너무 좋은 마음을 감출 수 없어서 웃고 말았다.

"요고요고, 이 언니한테 말도 안 하고. 떽!"
"어제 저녁에 갑자기 사귀자고 민호가 말해서 니들한테 말할 시간이 없었어. 미안해."
"미소야, 나 같으면 전화 끊고 5초 만에 단톡방에 올렸을 거야. 말하고 싶은 거 못 참아서."
"꾹 참고 인스타에 적었잖아. 대신에. 히히."

저기서 한나가 계단을 올라오는 것이 보였다.
나윤이가 호들갑을 떨며 한나에게도 빨리 오라고 소리치며 손짓을 했다.
그리고 우리 둘 앞에 온 궁금한 표정의 한나에게 틈도 주지 않고, 나윤이는 내가 민호랑 사귄다는 글 보았느냐며 속사포처럼 내뱉었다.

"어제 미소가 남긴 글 봤어? 대박 사건이지. 그치그치?"

"그러게."

의외로 한나 반응이 뜨뜻미지근하다.

"에이, 반응이 뭐 그러냐? 축하한다고 미소한테 말해 줘야지."

"그, 그러게."

나윤의 호들갑에도 한나는 여전히 '그러게'만 연발했다.

'어? 한나가 왜 그러지?'

한나가 조금 이상하다.

내가 민호랑 사귄다고 하는데 아무 말도 안 하다니.

왠지 서운하다.

마침 1교시 시작을 알리는 벨이 울려서 우리는 별다른 말없이 교실로 돌아갔다.

한나는 들어가면서도 표정에 변함이 없다.

다만 민호 쪽으로 힐끔 볼 뿐이다.

무슨 기분 좋지 않은 일이 있었나 싶었지만, 나윤이가 1교시 수업이 무슨 과목이냐고 물어보는 바람에 깊게 생각하지 않았다.

그런데 오늘 소민이도 좀 이상하다.

수업을 시작하는데도 계속 책상에 엎드려 있었다.

작은 목소리로 선생님 눈치를 보면서 나윤이에게 소민이를 가리키면서 '왜 저래?' 하는 표정으로 물었다.

나윤이는 '나도 모르지'라는 듯이 어깨를 으쓱하며 두 손을 펼쳐 보였다.

그때 선생님이 소민이에게 다가갔고, 들릴 듯 말 듯한 목소리로 조그맣게 뭔가 말을 하더니 소민이가 비틀거리면서 일어났다.

애들이 웅성웅성하니 담임 선생님은 소민이가 몸이 안 좋아서 보건실에 가는 것이라며 조용히 하라고 했다.

소민이가 엉거주춤 일어나는 모습을 보는 순간 알았다.

소민이가 그 날이라는 것을.

나는 몰래 가방에서 생리대를 꺼내 내 곁을 지나는 소민이의 바지에 재빨리 집어넣었다.

소민이는 정말 많이 아픈지 하얀 얼굴이 더 하얗게 보였고 힘없이 나를 쳐다볼 뿐이었다.

보건실로 간 소민이는 2교시가 끝나고도 교실로 돌아오지 않았다.

선생님이 소민이 짝인 한나를 불러서 무슨 말을 했고, 한나가 교실을 나설 때 얼른 나는 나윤이와 함께 한나를 따라 나갔다.

"선생님이 뭐래?"

"나보고 소민이 괜찮은지 보건실 가서 보고 오래. 같이 갈래, 나윤아?"

"당연하지. 친구 의리가 있지. 미소도 같이 가자."

"응."

보건실에서 소민이는 자고 있었다.

보건 선생님은 소민이가 생리통이 심해서 약을 먹고 자는 중이라며, 다음 시간에 교실로 보내겠다고 담임 선생님에게 전하라고 하셨다.

"많이 아픈가 봐. 소민이."

"첫 생리라서 그래."

"나는 아직 안 해서 모르겠다."

나윤이는 아직 생리를 하지 않는다고 말했다.

"아직도? 난 5학년 겨울 방학 때 이미 시작했어."

한나가 나윤이에게 놀랐다는 듯이 말했다.

그런데 아까부터 내가 말할 때 한나는 나를 쳐다보지 않았다.

아, 나도 얼마 전에 생리를 시작했다고 말할 때 한나가 아주 잠시 쳐다보기는 했나?

"근데 미소 넌 생리대를 항상 갖고 다녔어?"

"엄마가 아직 주기가 불규칙할 때라고 가방에 생리대를 항상 넣고 다니라고 해서 갖고 다녀."

"아, 그래?"

한나는 나에게 물어놓고 지금도 나윤이만 본다. 분명.

셋이서 대화를 하는데도, 일부러 나를 보지 않는다는 생각이 자꾸 든다.

평소 다정히 말하는 한나인데, 아침부터 나를 피한다는 느낌이 들었다.

내 생각인가? 말투도 평상시 같지 않고. 한나에게 오늘 정말 안 좋은 일이라도 있는 것일까?

일찍 마치는 수요일이었지만, 소민이가 아파서 우리는 일찍 헤어졌다.

나는 집으로 곧장 가지 않고, 대형 마트 쪽으로 걸어갔다.

화장품 가게에 가고 싶었기 때문이다.

왠지 기분이 좋아 보이지 않는 한나에게 선물하고 싶었다.

화장품 가게는 마침 세일을 하고 있었다.

어떻게 내 마음을 딱 알고 세일을 하는지.

이것저것 살펴보기 바빴다.

친구들에게 줄 선물을 하나씩 골라 바구니에 담았다.

한나와 하나씩 나누어서 가질 틴트 2개, 오늘 첫 생리를 시작한 소민이에게 줄 생리대, 나윤이에게 줄 코팩까지 바구니에 담아서 계산대로 갔다.

헉! 2만 4500원이나 나와서 아껴 두었던 용돈을 거의 다 썼지만 아깝지 않았다.

친구들에게 선물 줄 생각을 하니 오히려 기분이 좋았다.

특히 한나가 지난번 들었다 놓았다 했던 틴트를 기억해 두었다가 그 제품을 샀기 때문에 빨리 한나에게 주고 싶은 마음만 가득했다.

화장품 가게를 나오면서 얼른 한나에게 카톡을 보냈다.

– 한나야, 뭐 해? 지금 학교 앞쪽으로 나올 수 있어? **오후 2:25**

– 응, 시간은 돼. 왜? **오후 2:28**

– 줄 게 있어서 그래.^–^ **오후 2:29**

– 알았어. **오후 2:30**

학교 앞에서 한나를 기다리면서 이상한 느낌을 지울 수가 없었다.

'왜'라니? 가시가 느껴지는 말투다.

평소 한나라면 절대 그렇게 말하지 않는다.

혹시 내가 뭘 한나에게 잘못했나 싶어서 행동을 되짚어 보았지만, 딱히 생각나지 않는다.

그 순간 모퉁이에서 한나가 보였다.

"한나야."

"어."

그것이 전부다.

반갑게 손을 흔들어 불렀는데도 단 한마디로 말을 끝내는 한나.

나는 민망해서 손을 뒤로 감추었다.

"이거 주고 싶어 불렀어. 틴트야."

"이거 지난번 봤던 틴트인데. 그런데 이걸 네가 왜?"

"세일하길래 내 거 사면서 생각나서 하나 더 샀지. 나 잘했지?"

"어…… 고마워."

고마워하면서 받는 한나의 손이 멈칫하면서 살짝 떨렸다.

받을까 말까 고민하는 이 느낌은 뭐지?

다행히 한나는 내가 준 틴트를 받기는 했지만, 뻘쭘해진 나는 내일 학교에서 보자며 먼저 뒤돌아섰다.

집으로 오면서 내내 기분이 이상했다.

한나가 왜 저럴까?

도통 생각해도 모를 일이다.

일부러 나를 피하는 느낌은 그냥 내 생각이 아니었다.

선물을 받는 한나에게서 분명하게 느꼈다.

어느새 우리 아파트에 다 왔다.

재활용 쓰레기를 버리러 나온 엄마와 우리 동 입구에서 마주쳤다.

"어? 이 시간에……. 아, 오늘 수요일이라서 빨리 마쳤구나."

"엄마는 참. 무슨 요일인 줄도 모르고."

"엄마가 나이가 들어서 그런다. 무슨 요일인 줄도 모를 만큼."

"어머니, 이러지 마십시오."

엄마가 내 콧등을 검지로 가볍게 튕겼다.

귀엽다는 엄마의 표현이다.

"엄마, 있잖아. 나 눈치 없는 편이야?"

엄마는 놀란 눈으로 나를 보았다.

"왜 그렇게 스스로를 생각하는 거야?"

한나의 일을 말하려니 어디서부터 말을 시작해야 할지 몰라서 뜬금없이 엄마에게 물었다.

"그냥. 내가 눈치가 없어서 친구들의 마음을 잘 모르는 것은 아닐까 싶어서."

"글쎄, 엄마는 우리 미소가 눈치 없다고 생각하지 않는데."

그런데 한나는 나한테 왜 그럴까?

"친구들의 마음은 알기 힘들어."

"어른들도 그런데? 어떻게 타인의 마음을 다 헤아릴 수 있겠어. 그건 원래 불가능한 거야."

"그런 거야? 어른들도?"

"그럼. 친구와 무슨 일이 있었다면, 그래서 그 친구가 미소를 멀리한다면 솔직하게 물어봐. 왜 그러는지. 혹시 사과할 일이라고 생각하면 네가 사과하고. 별다른 이유 없이 미소한테 그런다면 그냥 그런 마음들은 그 친구의 몫으로 남겨 둬야 해. 친구의 모든 마음을 미소가 알아 줄 수는 없는 거라고. 특히 내가 뭘 잘못해서 친구가 나한테 이럴까 하고 자책하는 마음은 갖지 않는 게 좋아. 미소의 잘못이 아니니까."

엄마가 내 손을 꼭 잡아 주었다.

어쩌면 엄마는 내 마음을 이렇게 잘 알까?

엄마 손은 따뜻했다.

한나에 대한 내 마음이 다 풀린 것은 아니지만 그래도 마음이 한결 가벼웠다.

그때 민호에게서 카톡이 왔다.

귀여운 이모티콘과 함께.

엄마가 볼까 봐 심장이 쫄깃했지만, 재빨리 답장했다.

– 오늘 너랑 별로 말할 기회가 없어서 서운했어.^*^ 내일 학교에서 얘기 많이 하자.♥ 오후 2:45

– 응, 오늘 소민이가 아파서 정신없었어. 미안해. 오후 2:46

– 미안하긴. 오후 2:47

– 응.^–^ 오후 2:47

"누구야? 친구?"

"응, 누구 있어."

"얘가~ 엄마 서운할라 하네. 누군지 말도 안 해 주고 말이야."

"에이~ 왜 그래~ 히~"

나는 일부러 엄마에게 바보처럼 웃어 보이며 팔짱을 꼈다.

자연스럽게 넘겨야지.

다행히 엄마도 더는 캐묻지 않았다.

민호 카톡만으로도 마음이 따뜻해졌다.

한나의 일로 꿀꿀했던 마음을 잊어버릴 만큼 민호는 내게 따뜻한 존재다.

secret0603#♥소민 공쥬♥

첫 생리 터졌어. 짜증 나.
미소가 생리대 안 빌려줬음 나 완전 개쪽팔릴 뻔.
하루 종일 배가 아파 집에 와서
엄마한테 말하고 싶었지만 아무도 없어.
기대한 내 잘못이지.
침대에 누워서 자다가 이제 정신 차렸지 뭐야.
자다 보니 늦어서 학원도 쨌고.

그런데도 아무도 안 들어와.
아마 밤늦게나 들어올 건가 봐.
우리 엄마는 요즘 집에 잘 있지 않거든.
숨이 막힌다나 어쩐다나.
다른 집은 첫 생리할 때 파티 같은 것도 한다던데
난 파티는 무슨. 아무도 집에 없다.
그리고 더 최악은 배도 고프다.
지금은 배가 고픈 건지 아픈 건지도 모르겠다. 사실.
생리하면 이렇게 배가 아픈 거 맞냐?
누가 바늘로 내 배를 찌르는 것 같이 아픈데
물어볼 때가 없네.
지난번 보건 선생님이 생리하면 배 아프고 어쩌고 할 때는
난 상관없어서 듣지도 않았는데, 그때 잘 들어 둘 걸 그랬다.
우리 엄마, 아빠는 자식이 아프든 말든 이렇게 관심이 없는데,
왜 날 낳았을까? 그게 내 요즘 최대 고민이야.
낳았으면 책임을 져야지. 안 그래?
엄마는 맨날 늦게 들어오고
아빠는 나한테 관심도 없어.
엄마는 요즘 날 보면 미안하다는 말만 해.
그럼 미안할 일을 안 하면 되는 거 아닌가.
짜증 나게.
너무 기분 나쁜 날이다. 정말 짜증 난다.

20분

secret0603 소민이 힘들었겠네. 힘내♥ 박한나

19분 좋아요 3개 답글 달기 ♥

secret0603#박한나

난 5학년 때 이미 생리 시작했거든.
그날을 잊을 수가 없어.
내 몸속에서 뭔가 나오는 이상한 느낌.
함께 오는 아랫배 통증까지.
진짜 기분이 안 좋더라.
다음부터 소민이는 그런 일이 있으면 꼭 말해 줘.
배 아픈 것보다 사실 생리하면 난 생리대가 더 걱정이야.
솔직히 생리대 왜 그렇게 비싸?
엄마가 사 주긴 하는데, 사실 모자라.
보건실에 가면 보건 선생님이 주긴 하지만,
왜 그렇게 쪽팔리는지.
생리대 받으러 왔다는 말이 안 나와.
남자애들 있나 없나 살피고 겨우 말한다니까.
그것도 매달 받으러 가면 날 이상하게 볼 거 아니야?
그래서 일부러 한 달 건너서 받으러 가고 있어.
난 그냥 화장실에 생리대 좀 많이 놔두고
눈치 안 보고 쓸 수 있으면 좋겠어.
이런 걱정까지 하는 게 부끄럽기도 하지만 니들한테만 말하는 거야.
더 최악은 생리 시작 날 체육하는 거지.
눈치껏 담임한테 말해서 빠지기는 하는데
눈치 빠른 애들이 알까 봐 은근 신경 쓰여.

아무튼 소민이는 다음부터 우리가 함께 챙겨 주자 :)

15분

secret0603 ♥

13분 답글 달기 ♡

secret0603#미소미소

난 소민이 도와줄 수 있어서 좋았어.
생리 기간은 아니지만
혹시나 해서 파우치에 생리대는 늘 가지고 다녔는데,
도움이 됐다니 다행이야.
생리 기간 때면 짜증이 나는 건 사실이야.
그렇지 않으려 노력하는데도
어쩔 수 없이 짜증을 부려.
주로 엄마한테 더 한 듯.
엄마도 이해해 주겠지?
참 나도 모르게 민호한테도
그 기간에 엄청 짜증을 냈지 뭐야.
티 내지 말아야지 생각하는데도
어쩔 수 없이 티가 나나 봐.
얼마 전 생리 기간 때 나도 모르게 짜증을 냈더니 민호가 묻더라고.
뭐 안 좋은 일 있냐고?
그래서 내가 차마 생리 때문에 그렇다는 말은 못하고 그냥 미안.
그렇게 말한 일도 있었어.

아, 내가 민호 이야기만 많이 한 거 아니야? 미안.^-^

11분

한나의 인스타 마지막 문장이 자꾸 신경 쓰였다.

한나의 '우리가 함께 챙겨 주자'는 말이 마치 '미소 너 혼자 나대지마'로 들린다.

마치 직접 말하지 않고 인스타에서 아닌 척 내게 돌려 말한다는 느낌이다.

자꾸 좋지 않은 쪽으로 해석된다.

그냥 내 느낌이 그렇다는 것이다.

낮에 한나가 보인 태도, 지금 남긴 인스타 글.

그리고 내 글에는 '좋아요'도 댓글도 없다.

나 정말 눈치 없는 건가?

왜 친구들의 마음을 모르겠지?

모르겠다. 정말.

스마트폰이 문제였어요

요즘 친구들 사이에 틱톡이 제일 인기다.

하굣길에도, 학원 가는 길에도 모이기만 하면 친구들은 언제나 영상을 찍어 바로 틱톡에 올렸다.

최대한 귀엽게 보이는 화면 효과를 넣어서 짧은 동영상을 찍는데, 고개를 좌우로 갸웃거리면서 엄지손가락과 검지손가락을 V자 모양으로 만들어 얼굴에 대기도 한다.

할 수 있는 제일 예쁜 표정을 지으면서.

으~ 나는 왠지 오글거려서 따라 하기가 너무 어색하다.

그동안 친구들이 틱톡을 찍으면 나는 슬그머니 뒤로 빠지고는 했다.

예쁘게 화장한 친구들과 달리 화장기도 없고, 이마에 여드름이 자리 잡기 시작한 내 모습에 어쩐지 자신이 없었다.

무엇보다 틱톡에 영상 올리는 것을 아빠가 매우 싫어하신다.

한번은 또래 친구들이 틱톡 찍는 모습이 방송에 나온 적이 있다.

슬쩍 아빠에게 동영상 찍는 것을 어떻게 생각하는지 여쭈어 보았더니 질색하셨다.

절대 내가 하지 않았으면 좋겠다고.

안 그래도 소심한 성격인데 아빠의 단호한 모습이 겹치면서 친구들과 함께 틱톡을 찍는 것은 꿈도 못 꿀 일이다.

틱톡 듀엣 동영상을 친구들과 찍어 올리는 것은 절친끼리 친함을 표현하는 것인데…….

할 수 없지 뭐.

그런데 소민이가 얼마 전부터 점심시간에 자꾸 틱톡을 찍자고 말한다.

"미소야, 너 얼마 전에 핸드폰 바꿨잖아. 우리 비싼 그 스마트폰으로 틱톡 찍어 보자!"

"하지만 지난번에 반 규칙으로 부모님과 통화 외에는 학교에서 핸드폰을 사용하지 말자고 정했잖아."

"야, 그건 나도 알고 있지. 그래서 몰래 잠시만 해 보자고 말하잖아. 아~ 우리 넷 사이에 이런 부탁하면 안 되냐? 쪼잔하기는. 내가 다른 친구들한테는 이런 부탁하지도 않아."

살짝 기분 나쁘지만 뭐라고 대꾸할 말이 없다.

그리고 중요한 것은 한나와 나윤이가 내 눈치만 보고 있다는 것이다.

이것은 하자는 신호다.

안 되는데……. 정말 안 되는데…….

하지만 어느새 나는 얼마 전에 새로 산 스마트폰을 쭈뼛쭈뼛 꺼냈다.

그러자 소민이가 낚아채듯이 가져갔다.

친구들이 틱톡 영상을 찍기 시작하는 모습에 이번에도 슬쩍 뒤로 빠지려는 순간이었다.

"야, 폰 주인이 빠지면 곤란하지!"

이렇게 말하며 한나가 나를 영상 속으로 끌어당겼다.

아주 어색하게 웃으면서 친구들과 처음으로 틱톡을, 그것도 학교에서 몰래 찍게 되는 순간이다.

"우리 안경 쓴 모습으로 깔 맞춤해 볼까?"

"재밌겠다. 오케이."

"응, 좋아."

화면 속에서 쓰지도 않는 안경을 쓰고 토끼 머리띠를 한 영상 속 내 모습이 처음에는 어색했는데, 어느새 한껏 들뜨기 시작했다.

생각보다 친구들과 함께 찍는 틱톡은 짜릿했다.

한 번이 어렵지 다음부터는 별 생각 없이 점심시간이면 정해진 장소에서 영상을 찍는 일이 잦아졌다.

내가 이렇게 가식적인가 싶을 만큼 예쁜 척을 하면서 친구들과 틱톡 찍는 것을 즐기고 있었다.

틱톡은 재미있어도 너무 재미있었다.

하루는 소민이가 어제 새로 샀다며 내 입술에 틴트를 발라 주었다.

그래서일까?

카메라 속 화장한 내 모습이 조금 괜찮아 보였다.

아니, 오늘 나 좀 예쁜가?

"오~ 미소 예쁜데?"

"진짜? 나도 막 그렇게 생각하던 참이야. 땡큐~"

"이야, 미소 이제 많이 컸다."

하지만 갑자기 싸한 느낌이 들었다.

꼬리가 길면 잡히는 법이다.

조상님 말씀은 틀린 것이 없었다.

"땡큐? 한나, 미소, 소민, 나윤. 너희 참 바쁘구나! 뭐 하는 중이세요?"

어디선가 들려오는 담임 선생님의 목소리.

드디어 올 것이 왔나 보다.

우리 넷의 얼굴이 벌겋게 달아올랐다.

"뭐 하는 중이냐고 묻고 있잖아? 지금."

선생님은 대체로 온화하지만, 화가 나면 엄청 무섭다.

5학년 때 언젠가 복도에서 혼났을 때도 그랬고, 지금도 그렇다.

"저기…… 저기…… 선생님, 그게……."

"다시 물을게. 너희들 지금 뭐 하고 있었니?"

목소리가 쩌렁쩌렁 더 커진 것으로 보아 엄청 화가 나신 것 같았다.

그 순간 나도 모르게 불쑥 말 같지도 않은 말이 튀어나왔다.

"소민이가 제 스마트폰으로 자꾸 틱톡 찍자고 해서 영상 찍고 있었어요."

내가 지금 뭐라고 했지?

아차 싶었지만 이미 때는 늦었다.

그 순간 세 명의 눈동자가 동시에 나를 째려보았다.

그것도 눈으로 욕하는 것이 느껴질 만큼.

뭔가 잘못되었다는 느낌이 들면서 손에 땀이 나기 시작했다.

“네 명 모두 선생님 따라 상담실로 올라와.”

선생님은 앞서 먼저 들어가셨다.

나머지 셋은 나를 어이없다는 듯 쳐다보았다.

특히 소민이는 나를 죽일 듯이 쳐다보았다.

눈초리가 섬뜩하다.

나는 고개도 못 들고 땅바닥만 바라보며 걸었다.

3층에 있는 상담실에 도착했다.

한숨과 함께 선생님은 5교시 수업을 하러 가면서 빈 종이를 나누어 주셨다.

종이에 언제부터 어떻게 틱톡을 찍게 되었는지 솔직하게 적으라고 하셨다.

우리는 한동안 아무 말도 하지 않았다.

각자 종이만 바라본 채 숨 막힐 듯한 침묵만 흘렀다.

머릿속이 복잡하다.

왠지 큰 잘못을 저지른 것 같다.

아까 내가 실수로 내뱉은 말은 또 어떻게 해야 할까?

혹시 선생님이 엄마에게 전화를 걸어서 이 일을 알리는 것은 아니겠지? 설마?

온갖 불안감이 뒤엉키며 머릿속이 점점 하얘진다.

나는 볼펜 끝부분을 눌렀다 뺐다만 반복하고 있었다.

그때 소민이가 먼저 침묵을 깨며 말을 꺼냈다.

"야! 너 선생님한테 왜 하필 그렇게 이야기했어? 너 생각이 있기는 한 거야?"

다른 애들도 일제히 나를 쳐다본다.

마치 빨리 대답하라는 눈길로 말이다.

"너무 당황해서 말이 그냥 막 나와 버렸어. 미, 미안해……."

나는 당황해서 말을 더듬었다.

"야! 이게 미안하다는 말로 끝날 일이야? 네가 그렇게 말하는 바람에 내가 일방적으로 니들 꼬셔서 틱톡한 것처럼 됐잖아. 같이 한 건데 그렇게 말하면 난 뭐가 되냐 말이야? 진짜! 생각이 없어. 짜증 나게 진짜."

저마다 슬쩍 한마디씩 한다.

그래 그것은 미소 네가 심했다고, 도대체 선생님이 어떻게 알았으며 누가 일러바친 것은 아닐까…….

그러다가 다시 침묵이 이어졌고, 빈 종이만 쳐다보았다.

도대체 뭐라고 적어야 할까?

뭐라고 적어야 소민이와도 다른 친구들과도 별일 없이 지나갈 수 있을까?

이리저리 궁리해 보지만 아무 생각이 나지 않는다.

이어진 침묵 속에서 한 사람씩 볼펜을 들어 종이에 그동안 있었던 일을 적어 나가기 시작했다.

5교시 수업이 끝난 뒤 상담실로 다시 온 선생님은 각자 쓴 종이와 우리를 번갈아 쳐다보며 한참을 고민하셨다.

우리 네 명이 적은 내용이 같아서 일단 거짓말을 하는 사람은 없으며, 반 규칙을 어긴 일이 처음이니 이번은 그냥 넘어가겠다고 하셨다.

다행히 내 스마트폰도 되돌려 받았다.

하지만 선생님을 따라 교실로 돌아가는데 왜 그렇게 부끄럽던지.

또 교실에 벌써 소문이 다 돌았을 텐데 민호 얼굴을 어떻게 봐야 할지 눈앞이 캄캄했다.

죽고 싶다.

정말로.

이런 최악의 모습을 사귀자마자 보이다니.

도저히 민호 얼굴을 볼 자신이 없어 최대한 고개를 숙이고 교실로 들어갔다.

그런데 그냥 화가 나 씩씩거리는 소민이와 달리 한나는 민호를 보고는 얼굴이 빨개졌다.

한나도 당황하면 나처럼 얼굴이 빨개지나 보다.

"야! 우리 틱톡 찍는 거 담임한테 일러바친 사람이 누구야? 좋은 말로 할 때 얼른 대답해라."

소민이가 짜증을 참지 못하는 말투로 크게 이야기했다.

반 친구들은 일제히 얼음.

"아이씨. 그럼 누가 말한 거야? 짜증 나게 정말."

애들이 뒤에서 수근거렸다.

쟤는 잘한 것도 없으면서 너무 당당한 것 아니냐면서.

그 순간 소리가 들린 쪽으로 소민이가 돌아보며 아까보다 더 크게 말했다.

"야! 나 건드리지 마라. 폭발하기 직전이니까."

그것으로 끝이다.

결국 누가 선생님에게 말을 해서 알게 되었는지 알 수 없었지만, 중요한 것은 그것이 아니다.

그날 내내 나는 창피해서 얼굴을 들 수 없었다.

민호가 나를 얼마나 한심하게 볼까 하는 생각과 친구들에게 어떻게 사과해야 할까 하는 생각이 겹치면서 그날 학교에서 시간이 어떻게 지나갔는지 기억나지 않는다.

나에게 왜 이런 시련이 닥친 거야.

죽고 싶다. 정말로.

이런 모습을 보이다니.

그날 저녁 애들은 인스타에 자신의 감정을 쏟아 내었다.

오늘은 정말로 13살 내 인생에서 최악의 날이다.

secret0603

나 진짜. 쪽팔려. 이게 말이 되냐?
학교에서 틱톡 좀 찍으면 안 되냐?
점심시간에 찍은 건데.
이렇게 난리 칠 일이냐고. 도대체.
그리고 김미소는 그 순간 담임한테 하필 그렇게 말해서
사람을 이렇게 개쪽팔리게 만드느냐 말이야!
눈치라곤 옛날부터 드럽게 없다니까.
처음 볼 때부터 그렇더니, 이렇게 결정적으로 한 방 멕이네.
나는 김미소처럼 착한 척하면서
눈치 1도 없는 애들이 제일 짜증 나.
지가 뭘 잘못하는지도 모른다니까.
하여간 내가 누가 담임한테 꼰질렀는지 꼭 밝힐 거야! 가만 안 둬!
8분

secret0603 좀 황당함
7분 답글 달기 ♡
secret0603 ㅉㅈㄴㄷ ㄱㅁㅅ
5분 좋아요 1개 답글 달기 ♥

secret0603 ㅇㅇ

3분 좋아요 1개 답글 달기 ♥

왕따는 싫어

다음 날부터 친구들과 어색해졌다.

나를 따돌리는 느낌이다.

어제 인스타 글을 보고 예상은 했지만, 역시나 친구들은 학교에서 나를 따돌리기 시작했다.

애들은 이름을 남기지 않고 인스타에 글을 남겼다.

눈치 없다는 말로 대놓고 보란 듯이 나를 저격한다.

하지만 소민이가 그 글을 남겼고, 한나와 나윤이가 동조하고 있다는 것을 다 알 수 있었다.

'짜증 난다 김미소'에 '좋아요'를 누른 아이는 누구일까?

진심으로 미안하다고 사과하면 끝날 것이라는 생각은 순진한 착각이었다.

사과할 틈조차 주지 않은 채 친구들은 나를 따돌리고 있다.

이런 것이 왕따구나!

숨이 막혀 온다.

급식을 먹으러 갈 때도, 체육을 하러 강당에 갈 때도 우리 네 명은 굳이 서로 기다려 달라는 말을 하지 않아도 함께 갔다.

하지만 오늘은 내가 준비를 미처 하지 못했는데도 세 명은 말도 없이 가 버렸다.

처음에는 바보같이 내가 준비가 덜 되었다는 것을 몰랐나 보다고 생각했다.

하지만 하루가 채 지나지 않아서 깨달았다.

일부러 그런다는 것을 말이다.

그것도 소민이가 주도적으로.

소민이가 먼저 확 가 버리면 한나와 나윤이도 눈치를 보다가 따라갔다.

나윤이가 안타깝게 나를 조금 더 쳐다보기는 했다.

짐작은 했지만, 이런 일이 매일 반복될수록 학교에서 내 기분은 바닥으로 가라앉았다.

하루에도 몇 번씩 내가 어떻게 사과하면 기분이 풀리는지, 아니 내 사과를 받아 줄 수 있는지 물어보고 싶었지만, 막상 하려고 하면 용기가 나지 않았다.

그렇게 친했는데 어색해지는 것은 순식간이었다.

'그냥 내가 재수 없는 애라고 하면 어떡하지?'

'그럼 난 어떻게 학교에 다녀야 할까?'

'전학 가고 싶다고 엄마한테 말해 볼까?'

눈물이 날 것 같았다.

조금만 버티면 여름 방학이니까 며칠만 더 아무렇지 않은 척 참아 볼까 생각도 했다.

특히 친구들 앞에서, 그것도 교실에서 우는 것은 정말 최악의 행동 같아 억지로 참으며 하루하루를 보냈다.

그렇게 이주일이 지나고 도저히 더 이상은 참을 수가 없었다.

오늘은 꼭 친구들과 이야기해 보자고 결심했다.

하지만 자꾸 소민, 한나, 나윤이에게 눈길만 갈 뿐 막상 말을 걸려니 입이 떨어지지 않았다.

특히 싸늘한 소민이의 눈빛과 마주치니 더욱 그랬다.

갈수록 소민이는 보란 듯이 나윤이와 한나를 더 챙기면서 나를 철저하게 따돌렸다.

어느 날부터인지 모르겠지만 화장실에 갈 때도 꼭 셋이 함께 가기 시작했다.

오늘도 소민이가 청소 시간에 두 친구에게 눈치를 주면서 화장실에 가자고 말했다.

셋이 나가는 모습을 보고 나도 살짝 몰래 뒤따라갔다.

나는 화장실 문이 닫히는 것을 확인한 뒤 문 뒤에 가만히 귀를 대고 안에서 친구들이 하는 말을 들었다.

"소민아, 이제 우리 미소 따시키는 거 그만하자. 야, 나도 너무 힘들어. 미소는 오죽하겠냐? 미소 완전 풀 죽어서 우리 눈치만 보잖아."

"뭘 그만해! 나윤이 너 잊었어? 그날 우리가 얼마나 쪽팔렸는지. 아직도 난 분이 안 풀리는데. 야, 넌 성격도 좋다. 그럼 한나 넌 어떻게 생각해? 너도 솔직히 말해 봐."

"난 그날 담임한테 소민이가 시켜서 틱톡 찍자고 말한 건 미소가 잘못했다고 생각해."

"그렇지? 역시 한나 넌 내 편일 줄 알았단 말이야."

"그래서 계속 이런 식으로 미소 왕따시킬 거라고?"

"그래 그럴 거다. 왜? 나윤이 너 미소 편들어 주고 싶어서 그래? 배신 때리지 마."

"소민아, 좀 참아! 지금 우리 셋이 이럴 때야?"

흥분한 소민이를 달래는 한나 목소리였다.

"지금 제일 문제는 인스타야. 함께 쓰던 인스타 글은 어떻게 할 건데? 생각만 해도 불편하단 말이야."

"일단 기다려. 야, 지금 인스타 타령할 때냐?"

"그건 그렇지만."

"참, 내가 부계정 하나 더 만들까? 미소 빼고 우리끼리 쓰면 되잖아."

"야, 넌 이 와중에 머리 잘 굴린다. 그건 인정."

"그러게, 나 좀 천재 아니야?"

키득거리는 뒷이야기는 차마 더 듣지 못했다.

마음이 텅 비어 버린 것 같다.

너희들이 어떻게 나한테 이럴 수 있니?

그 순간 스쳐 가는 생각 하나가 떠올랐다.

왕따를 벗어날 방법.

절대 그래서는 안 되는 나쁜 생각이었다.

스마트폰 사건 얼마 전 소민이와 지수가 모둠 발표 때문에 상의하던 중 서로 신경전을 벌인 일이 있었다.

사회 모둠 과제를 말하던 중이었다.

우리 반 친구들의 '장래 희망'을 조사한 뒤 발표할 모둠 자료를 만들고 있었는데, 무슨 자신감인지 소민이는 장래 희망으로 친구들이 대답한 직업을 직접 그리자고 했다.

하지만 지수는 뭘 귀찮게 그리냐며 그냥 인터넷에서 자료를 찾아 프린트해서 붙이자고 했다. 순간 소민이가 짜증 나는 표정을 지었다.

신경이 매우 거슬린다는 뜻이다.

둘 다 양보할 마음이 없는 듯했고, 나머지 친구들은 귀찮다는 얼굴로 둘이 결정하길 기다리고 있었다.

이쯤 되자 소민이는 나머지 모둠 친구들에게 물어보았다.

“그럼 물어보자! 공평하게. 너희들은 발표 자료를 직접 그리는 게 좋냐, 아니면 프린트해서 붙이는 게 좋냐? 난 좀 더 성의 있게 그리고 싶은데. 참, 미소 네 생각은 어때?”

그러고는 갑자기 나를 보았다.
자신의 의견에 찬성하라는 눈빛을 보내면서 말이다.

“글쎄…….”

소민이가 날카로운 눈빛을 띠며 나를 쏘아보았다.

“나는 수학 학원 숙제를 다 못했거든. 집에 가서 해야 해서 사실 발표 자료를 그림으로 그릴 시간이 없어.”

조심스러운 내 말이 끝나자 자존심이 상했는지 소민이의 얼굴색이 순식간에 변했다.
그냥 그린다고 할 것을 그랬나?
결국 모둠 남자애 둘도 귀찮다는 듯 그냥 각자 1개씩 맡아 프린트해 오자고 의견을 내놓았다.

그 틈을 타 지수가 재빠르게 말했다.

"각자 다 바쁘네. 그럼 각자 프린트할 자료 하나씩 맡아 볼까? 장래 희망으로 유튜버, 선생님, 운동선수, 의사, 연예인이 되고 싶다는 친구들이 많으니까 한 사람씩 하면 되겠네. 난 유튜버에 관심이 많아서 그걸로 하고 싶은데, 미소는 뭐 하고 싶어?"

소민이가 나를 쳐다보는 눈길이 느껴진다.
대답 잘 해라!

"나는 선생님."

사실, 입을 다물어야 했다.

"그래, 그럼 미소는 선생님으로 자료 찾아오고. 너희들은?"

남자애 둘은 운동선수와 의사라고 말했다.

"그럼 연예인이 남았으니, 소민이는 그걸로……."

지수가 말하는 도중에 소민이는 가방을 메더니 휙 하고 교실 밖으로 나가 버렸다.

기분이 무척 상한 듯했다.

"걔 왜 저러니?"

애들이 뒤에서 수군거리는 소리가 들렸지만, 이미 교실을 떠난 소민을 뒤쫓아 나도 급히 따라나섰다.

괜히 눈치 없이 지수 말에 대답한 것 같아 마음이 불편했다.

어쩔 수 없이 다음 날 발표할 장래 희망 자료 준비는 지수 뜻대로 결정되었지만, 그 사건을 계기로 소민이는 지수를 미워하게 되었다.

지수의 뒷담화를 인스타에 자주 적었다.

재수 없는 애라고.

제멋대로라고.

그런데 갑자기 한심한 생각이 들었다.

나쁘다는 것을 알고 있었지만 어쩔 수 없었다.

소민이 마음을 일단 돌려놓고 싶었다.

그것뿐이었다.

소민이가 인스타에서 자주 했던 바로 지수의 뒷담화를 하면서 말이다.

비겁하다는 생각이 들었지만, 이미 이주일 동안 왕따가 된 나로서는 정말로 엉망진창인 생각만 머릿속에 떠올랐다.

온종일 우울한 표정을 짓는 나에게 나윤이가 그래도 신경이 쓰이는지 청소 시간이 끝날 때쯤 말을 걸었다.

"미소야, 왜 그래?"

너희들이 나를 멀리하니까.

"별일 없어. 아니…… 사실은 그게……."

"괜찮아. 말해 봐. 무슨 일인지."

"저기, 그게 말이야. 지수 때문에. 지수랑 나랑 영어 학원 같이 다니잖아."

"지수? 걔가 왜?"

"글쎄, 얼마 전부터 학원에서 유독 친한 척을 그렇게 하더라고. 자기랑 친하게 지내자면서. 지수 요즘 아영이랑 친하잖아.

그러면서 나랑 아영, 자기까지 절친으로 지내고 싶다고 말하더라고."

내가 지금 뭐라는 거야?

나윤이의 두 눈이 커다래진다.

"그래서 넌, 넌 뭐라고 했는데?"

"뭐라긴. 난 소민이랑 너랑 한나와 이미 절친이라 그럴 수 없다고 했지. 그런데 그러고 난 뒤부터 학원에서 일부러 나한테 부딪히고 싸늘한 눈빛을 보내지 뭐야."

거짓말은 한 번 시작하자 입에서 술술 나왔다.

생각지도 않은 말들이었지만 마치 미리 생각하고 있었던 것처럼.

나 자신도 놀랄 뿐이었다.

"지수 걔, 완전 재수 없다. 내가 진작 인성을 알아봤지. 저번 모둠 발표 자료 만들 때도 제멋대로 했다고 소민이가 그렇게 말하더니, 괜한 말이 아니었네. 우리끼리 말이지만, 난 소민이가 좀 오버한다 싶었거든. 그런데 너한테도 그랬구나. 미소 넌 그런 걸로 기분 안 좋을 게 뭐가 있냐? 우리가 있는데! 야, 빨리 애들한테 말하러 가자."

나윤이는 나를 소민이와 한나에게 데려가서는 내가 한 말을 한껏 부풀려 전달했다.

기회다 싶었는지 나윤이는 온갖 리액션을 섞어 가며 나를 대신해서 지수의 인성을 소민이에게 전하기 바빴다.

아마 나윤이도 내 편을 들어 주고 싶었던 것 같다.

내가 의도했던 대로 돌아가는 것 같다.

한나와 소민이가 알 수 없는 눈빛을 서로 주고받았다.

갑자기 소민이가 씩 웃었다.

그러고는 마치 언제 스마트폰 사건이 있었냐는 듯 달라진 태도로 나를 대했다.

이주일 넘게 나를 왕따시킨 애들이라고는 볼 수 없는 행동이었다.

가식이라는 것을 알지만 상관없다.

가식이라도 왕따보다 낫기 때문이다.

왕따를 당한 이주일이 너무 길게 느껴졌다.

소민이는 신이 나서 하교할 때까지 지수에 대한 뒷담화를 엄청나게 해 댔다.

우리 반 친구들이 혹시라도 들을까 봐 걱정이 되어서 자꾸 주위 눈치를 살펴야 했다.

하지만 동시에 눈물이 날 것 같았다.

안도감이었을까, 아니면 지수에 대한 죄책감이었을까?

그것도 아니면 내 거짓말에 대한 한심함?

알 수 없는 마음이 내 머릿속을 어지럽혔지만, 일단 그것으로 이주일 동안의 마음고생을 끝내고 싶었다.

그런데 문제는 그 뒤로 세 명이 돌아가면서 지수에 대한 뒷담화를 인스타에 계속 남긴다는 것이다.

마치 나를 이주일 넘게 따돌린 일 따위는 없었다는 듯이 왕따의 화살은 내가 아닌 지수에게로 향했다.

지수를 껌처럼 씹으면서 말이다.

거짓말이 거짓말을 낳았고, 이미 내뱉은 내 거짓말은 우리 네 명을 겉으로는 예전처럼 이어 주는 계기가 되었다.

하지만 내 마음은 괴롭기만 했다.

특히 지수랑 눈이 마주칠 때마다 죄책감이 더해 갔다.

내가 한심해서 견딜 수 없는 나날이었다.

지수는 좋은 아이다.

가끔 도도해 보이기도 하지만 뭔가 생각이 많은 아이다.

최근에 내가 다니는 영어 학원에 지수가 오게 되면서 부쩍 지수랑 대화할 일이 많았다.

그러면서 나는 지수가 5학년 때 우리 학교로 전학을 왔다는 것을 알게 되었는데, 사실 조금 놀랐다.

지수가 낯도 가리지 않고 아이들과 잘 지내다 보니 1학년 때부터 우리 학교에 함께 다닌 줄 알았기 때문이다.

다닌 지 얼마 안 된 영어 학원에서 지수는 영어를 곧잘 했고, 특히 원어민 선생님과 함께하는 시간에는 그 빛을 발했다.

원어민 선생님과 하는 대화를 유창하게 이어 가기도 했지만, 대화 도중 지수가 쓰는 손짓에 영어에 대한 자신감이 묻어나와 친구들 사이에서 단연 돋보였다.

부러운 것이 사실이다.

지수는 참 괜찮은 친구인데…… 내가 정말 잘못했다는 생각이 들었다.

교실에서 눈이라도 마주칠 때면 지수의 얼굴을 바라볼 수 없을 정도로 부끄러웠다.

하교 뒤 영어 학원으로 바로 가는 날이다.

학원 수업이 시작되기 전, 보통 친한 애들끼리 모여 학원 1층에 있는 편의점에서 과자, 아이스크림, 컵라면 등을 사 먹은 뒤 3층 영어 교실로 올라간다.

그때 아영이가 나를 불렀다.

"미소야, 편의점에 들렀다 갈래? 나 용돈 받았거든. 아이스크림 쏠게."

지금 내 기분은 아이스크림을 먹을 때가 아니었다.

고개를 저으며 힘없이 계단을 오르고 있을 때 뒤에서 지수가 나를 불렀다.

"미소야!"

가슴이 쿵 내려앉는 것 같았다. 성큼성큼 내가 있는 곳까지 뛰다시피 올라온 지수는 조금 숨차 보였다.

"미소야, 학교에서부터 봤는데 며칠째 계속 기분이 안 좋아 보여."

너에게 잘못한 것이 있어서 그래.

"무슨 일 있어?"

미안해…… 정말 미안해. 지수야.

"미안해."

그만 눈물이 뚝 떨어졌다.

"미소야, 왜 그래? 어? 왜 울어?"

내 부끄러운 거짓말에 관한 이야기가 차마 입에서 나오지 않았다.
그런데 오늘따라 지수는 내게 다정하게 말을 걸었다.

'김미소, 너 도대체 지수에게 무슨 짓을 한 거니?'

아, 더는 못 참겠다.

지수에게 말해야겠다.

내 거짓말을.

결국 지수에게 그동안 있었던 이야기를 털어놓았다.

왕따가 힘들어서 너에 대해 거짓말을 했다고.

그래서 나 대신 친구들이 너를 왕따시킬 수도 있다고.

나는 중간중간 미안하다는 말을 여러 번 했다.

그런데 막상 말을 시작하자 그냥 눈물부터 나왔다.

이상하게 말을 하면 할수록 눈물이 볼을 타고 흘러내릴 정도로 계속 쏟아졌다.

하지만 더 이상한 것은 지수다.

내 이야기를 다 들은 지수가 화를 내고 소리를 지를 줄 알았는데, 그러지 않았다.

오히려 아무 말없이 내 말을 끝까지 들어 주었다.

한동안 우리는 서로의 신발만 쳐다보았다.

한참 동안 침묵이 흘렀다.

"미안해, 지수야. 내가 정말 바보 같은 짓을 해 버렸어."

"……."

"나 같은 애랑 말하고 싶지 않을 거야. 내가 미쳤나 봐."

"솔직히 지금 너에게 무슨 말을 해야 할지 모르겠어. 곧 영어 수업 시작할 시간이니 나중에 이야기하는 게 어때?"

겨우 진정되어 가던 내 마음이 다시 울컥했고, 미안함에 눈물이 또다시 차올랐다.

그때 하필 영어 선생님이 우리 옆을 지나가다 내가 우는 모습을 그만 보게 되었다.

"아니, 김미소? 너 왜 그래?"

'선생님, 지금은 어떤 말도 할 기분이 아니에요.'

"지수야? 무슨 일이니?"

내가 대답하지 않자 선생님이 이번에는 지수에게 다시 물으셨다.

당황한 지수도 아무 말하지 않았다.

"아니에요, 선생님. 아무 일도 없어요. 진짜예요."

내가 겨우 입을 열었다. 그때 하필이면 핸드폰 진동이 울렸다. 민호였다.

'민호야, 미안해. 네 전화 지금은 받을 수 없어. 내가 바보라서 말이야.'

나는 떨리는 손으로 민호의 전화를 수신 거부하고 말았다.
눈물이 흘러내려 핸드폰으로 뚝 떨어졌다.
그래도 영어 선생님은 눈치가 빠르다.

"그래, 별일 아니라고 하니 그런 걸로 하자. 수업 들어갈까?"
"네."
"네."

지수와 나는 겨우 대답하고 교실로 향했다.
할 수만 있다면 그냥 땅으로 꺼져 아무도 나를 찾을 수 없는 곳으로 가고 싶다.

모든 것이 다 내 잘못이다.

왜, 왜 나는 이렇게밖에 할 수 없는 것일까?

지수에게 고백해서 후련했지만, 한편으로는 내 자신이 너무 못나게 느껴져 화가 났다.

수업 내내 지수의 뒷모습만 바라보았고, 내 눈은 눈물을 참느라 한 시간 반 동안 토끼 눈처럼 내내 빨갰다.

시간은 느리게 흘러갔다.

파자마 파티

왕따를 어떻게든 끝내고 친구들과 예전처럼 돌아가는 것, 내가 바란 것은 그뿐이다.

지수에 대해 거짓말을 했던 것은 왕따를 벗어나고 싶었던 내 간절함 때문이다.

하지만 그것은 분명히 내 잘못이다. 그래서일까?

모든 것이 어긋나 버렸다.

친구들과는 뭔가 꼬집어 말할 수는 없지만 어색한 느낌이 들었고, 지수에게는 미안한 감정이 생겼다.

엉망이다.

내 마음도 엉망이고, 친구들과도 엉망이다.

언제 터질지 모르는 풍선처럼 터질 듯한 마음을 누르고 또 누르며, 방학이 될 때까지 하루하루를 버티고 있었다.

어디서부터 잘못되었을까?

함께 인스타를 쓰기 시작한 것? 너무 순진하게 친구들을 믿고 내 마음을 털어놓았던 것? 어제 파자마 파티에 갔던 것?

어제 파자마 파티 도중 뛰쳐나와 집으로 가는 내내 눈물을 쏟고 말았다.

그저께 학교에서 나윤이가 한 말이 시작이었다.

"얘들아, 내일 우리 집에서 파자마 파티 할래? 여름 방학 시작하는 날이기도 하고. 이런 날을 그냥 지나칠 수 없잖아?"

"오~ 기특하게 어떻게 그런 생각을 했냐?"

나윤이와 소민이가 서로 머리를 쓰다듬으며 장난치는 모습에 나도 모르게 살짝 웃음이 났다.

"내일부터 엄마, 아빠 여행 가서 우리 집이 비잖아? 이때가 기회 아니겠어? 친구들 데리고 와도 된다고 벌써 엄마한테 허락받았지롱~"

"오구오구~~ 잘했네. 잘했어."

'그럼 나는 어떻게 해야 하는 거야?'

"미소도 와야지! 당연히!"

"응……."

소민이가 순간 도끼눈을 뜨며 나윤이 옆구리를 찔렀다.

나윤이는 소민이에게 '왜?' 하면서 나에게 파자마 파티에 오라고 한 번 더 단호하게 말했다.

딱 잘라 말하는 나윤이에게 나는 고개를 끄덕였다.

마음이 찜찜하지만 거절할 수가 없었다.

다들 학원 수업이 끝나는 7시쯤 나윤이 집에서 모이기로 했다.

특히 깜짝 놀랄 일이 있을 것이라는 나윤이 말이 계속 신경 쓰였다.

깜짝 놀랄 일이 대체 뭘까?

학원이 끝난 뒤 터벅터벅 나윤이네 아파트로 향했다.

어른들이 없는 집에 애들끼리 무슨 파자마 파티를 하느냐고 엄마한테 잔소리를 들었지만, 다행히 아빠가 보내 주라고 하셔서 겨우 허락받았다.

스마트폰 사건 이후, 친구들이 모이는 자리는 별로 내키지 않아도 가야 할 것 같았다.

안 그랬다가는 뒤에서 뭐라고 수군댈지도 모르니까.

또 다른 왕따를 당할지도 모르고.

그런데 나윤이 집에 들어서는 순간 정말 놀랄 일이 기다리고 있었다.

지수가 있었다. 지수가!

친구들끼리 파자마 파티를 하는데 대체 왜 지수가 있는 거지?

"내가 불렀어. 앞으로 친해져 보려고."

친해져 보겠다는 말이 무슨 의미지?

소민이가 어안이 벙벙한 내 표정을 보고는 재빨리 말했다.

그러고 보니 친구들은 다들 뭘 들고 있었다.

뭐지?

자세히 보니 각자 쓴 일기장이다.

나만 빼고.

갑자기 너무 불안하다.

가슴이 뛰기 시작했다.

"일기장 다 가져왔지?"

소민이가 말했다.

"당근이지!"

"나도!"

한나와 나윤이가 아무렇지 않게 자기들 일기장을 꺼냈다.

"여기."

지수까지도 쭈뼛쭈뼛 일기장을 꺼내 놓는다.

"소민이가 이거 갖고 오래서."

내 눈치를 보면서 지수가 묻지도 않은 말을 덧붙였다.

그런데 지수가 꺼내 놓은 일기장 옆에 소민이가 아무렇지 않게 자기 일기장을 툭 던졌다.

순간 일기장의 겉표지에 내 눈길이 멈추었다.

수상한 비밀일기

소민이는 나에게 '수상한 비밀일기'를 보라는 듯 턱짓을 했다.

잘못 본 것인지 의심스러워 눈을 감았다 다시 떴다.

순간 알았다.

그동안 친구들이 나 몰래 비밀일기장을 만들어 써 왔다는 것을…….

떨고 있다는 티를 내지 않으려고 두 손을 등 뒤로 감추었지만, 손이 계속 부들부들 떨렸다.

스마트폰 사건 이후 친구들은 인스타에 글을 쓰지 않았는데, 처음에는 부계정을 만들어 따로 쓰는가 보다 했다.

그런데 비밀일기장을 만들었다니!

나를 그렇게 빼고 싶었나?

소민, 한나, 나윤이는 거기다 자신들의 속마음을 적고 있었던 것이다.

믿고 싶지 않지만 지수까지도.

그런데 지수가 왜? 왜 지수가 껴 있는 거지?

도저히 이해할 수 없다.

그렇게 지수를 깠으면서 비밀일기장은 언제부터 같이 쓰고 있는지 알 수 없을 뿐이다.

어쩌면 이럴 수 있을까?

지수에게 거짓말을 고백하며 울던 내 모습이 떠올랐다.

화를 내지 않았던 지수 모습도 생각났다.

나중에 이야기하자고 했지만, 지수는 그 뒤 나에게 말을 걸어오지 않았다.

아무래도 지수는 나와 더 이상 할 말이 없었나 보다.

그리고 나윤이는 이 자리에 나를 왜 불렀을까?

내 머릿속은 오만 가지 생각으로 뒤죽박죽 터지기 일보 직전이었다.

그때 소민이가 말했다.

"일기 함께 돌아가면서 읽어 보자. 뉴페이스도 왔는데, 더 친해지고 좋잖아!"

나쁜 쪽으로 생각하지 않으려고 해도 자꾸 안 좋은 생각이 드는 것은 어쩔 수 없다.

친구들은 서로 일기장을 돌려 보면서 뭐가 우스운지 키득거렸다.

지수도 자연스럽게 친구들의 일기장을 함께 돌려 보고 있었다.

나 혼자 비밀일기장을 보고 있는데, 문득 한나가 쓴 비밀일기에 눈이 고정되었다.

어떻게 이런 일이…….

그동안 정말 내가 이 아이에 대해 이렇게나 잘 몰랐다니…….

한나가 나를 얼마나 미워했는지 말이다.

내가 정말 눈치가 없는 것이 맞았다.

그렇지 않고서는 이럴 수 없다.

한나의 일기

지금 미소 왕따시키자는 말이야? 그래도 될까?

하긴 나도 좀 그날 황당하긴 했어. 안 그래도 담임한테 걸려서 정신없는데, 미소 입에서 그런 말이 나올 줄 상상도 못 함. 난 내 귀를 의심했잖아. 미소 눈치 없다는 말 인정! 한 번씩 나도 느꼈잖아.

그리고 실은 나…… 뭐라고 말하면 좋을까…… 미소 없으니까 여기에서는 솔직하게 말할게. 나 민호 좋아했어. 오해하지 마. 지금은 아니야. 예전에 그랬다는 말. 근데 나도 민호 좋아하는데, 세상에 미소가 민호랑 사귄다는 말 들었을 때 진짜…… 진짜 미소 얄밉더라. 미소만 아니면 나도 민호에게 좋아한다고 말해 볼 수 있는 거잖아? 내가 또 의리상 사귄다는 말을 들었는데, 그런 말을 하는 건 좀 아닌 거 같아 못 하겠더라.

그런데 학교에서 막상 민호 얼굴 보면 얼마나 내 마음이 아픈지. 혼자 많이 힘들었어. 거기다 눈치 없는 미소, 내 앞에서 민호랑 사귀는 말 계속하고. 나 들어 준다고 진짜 많이 참았다고. 말하고 나니까 속이 후련하네. 지금은 마음 접었으니까 진짜 너희들 오해하면 안 돼!

당분간만이지? 소민아~ 일단 그렇게 알고 있을게.

한나가 민호를 좋아하는 줄 정말 꿈에도 몰랐다.

그러면서 이제까지 내 앞에서는 아무렇지 않은 척했다.

아니, 생각해 보니 아무렇지 않은 척을 한 것은 아니구나.

처음 한나에게 민호 이야기를 했을 때가 떠올랐다.

그 떨떠름하고 애매한 대답, '그러게'만 내뱉던 한나가 이제야 이해가 되었다.

내가 준 선물을 받을까 말까 고민하던 모습도, 그때 왜 한나가 그렇게 행동했는지도.

눈치 없는 나는 이제야 수수께끼가 풀렸다.

나는 그것도 모르고 인스타에 민호 이야기를 올렸다.

알았으면 절대 그러지 않았을 것이다. 결코!

그동안 내 바보 같았던 행동들이 다 떠올랐다.

한나가 무서웠다.

오랜 시간 동안 나를 미워했을지도 모르는 그 아이가 너무 무섭다.

믿을 수 없는 이 사실에 고개를 들어 한나를 보니 지수와 너무 자연스럽게 장난을 주고받고 있다.

저 둘은 언제 저렇게 친해진 것일까?

소민이 편을 들면서 그렇게 지수 뒷담화를 같이 해 대더니 말이다.

화가 난 마음속에서 폭풍이 몰아쳤지만 참아야 했고, 참는 내내 목에서 뭔가 울컥한 것이 올라왔다.

"이제 다 본 거지?"

소민이가 슬쩍 나를 쳐다보며 물었다.

"오케이. 서로 일기 돌려 보는 것도 재밌네?"

나윤이가 대꾸했다.

"나 말 돌려서 못하는 거 알지? 난 지수가 수상한 비밀일기에 들어왔으면 좋겠어. 이미 지수에게도 그렇게 말했고. 미소는 눈치껏 알아서 하면 좋겠는데 말이지!"

그러고는 나를 똑바로 쳐다본다.

소민이는 눈빛으로 말하고 있다.

'너만 빠지면 돼!'

내 귀를 의심했다.

지수를 갑자기?

왜?

나한테는 아무 말도 없이 이렇게?

"야, 이소민. 나한테는 그런 이야기 안 했잖아. 최지수를 수상한 비밀일기에 넣자고만 했지. 이건 말이 다르지. 미소더러 알아서 하라는 뜻은 뭐야? 설마 미소한테 알아서 빠지라는 거냐? 이렇게 대놓고. 파자마 파티에 불러 놓고 친구를 왜 네 마음대로 빼니 마니 하는 거야?"

"그러니까 내가 미소 부르지 말자고 했는데, 네가 멋대로 불렀잖아."

"야! 그걸 말이라고 하냐?"

흥분한 나윤이 목소리가 평소와는 다르게 엄청 커졌다.

내 눈길을 애써 피하는 한나는 이미 알고 있는 눈치였고, 지수는 어쩔 줄 몰라 당황하는 것이 보였다.

나는 도대체 뭐라고 말해야 할지 몰라 말문이 막혔다.

"이쯤 되면 눈치 좀 챙겨야 하는 거 아니야, 김미소. 역시 너는 눈치가 좀 없어."

소민이는 나윤이 말을 싹 무시하면서 자기가 하고 싶은 말만 이어 갔다.

아, 이것이었구나!

나를 빼고 지수를 내 자리에 끼워 주는 것!

그래서 파자마 파티를 하자고 한 것이다.

"이 영상 잘 찍었지? 참, 맞다. 미소 넌 못 봤겠구나. 지수랑 어제 찍은 동영상인데, 진짜 잘 나왔지 않냐?"

"야, 이소민. 너 진짜 이럴래?"

나윤이가 말렸지만, 소민이는 언제 찍었는지 모를 동영상을 내 눈앞에 들이밀었다.

나를 빼고 소민, 지수, 나윤, 한나가 장난을 치면서 찍은 영상이 있는 인스타였다.

나와 틱톡으로 찍었던 영상보다 넷은 훨씬 더 친해 보였다.

물론 소민이의 인스타 속 또 다른 계정이었다.

그것을 마치 나를 생각하는 척 보여 주는 소민이가 너무 가식적으로 느껴진다.

소민이와 동영상을 한참이나 번갈아 보았지만, 소민이는 눈 하나 깜짝하지 않았다.

4개의 눈동자가 얽혔다.

소민이의 부릅뜬 눈에서 진심을 찾길 바랐던 것은 내 욕심이었다.

조금의 우정도 남아 있지 않다는 것을 느끼는 순간 깨달았다.

더 이상 여기 있으면 안 된다는 것을 말이다.

나쁘다.

정말 나쁘다.

소민이는 나를 정말 하찮게 생각하고 있었다.

마음에 안 들면 그냥 빼도 되는 그저 그런 친구.

애들한테 나는 그런 존재다.

말은 하지 않았지만 느낄 수 있었다.

아무도 나를 상관하지 않는다는 것을.

“잘 알았어. 난 집에 갈게.”

내가 일어나자 나윤이가 따라 일어났다.

“미소야, 내가 소민이 잘 설득할게. 소민이 성질 드러운 거 알잖아. 저게 지금 제정신이 아니라서 말을 막 하는데 진심은 아닐 거야. 응? 미소야~”

나윤이가 내 팔을 붙잡았다.
설마 너도 내 앞에서 연기하는 것은 아니겠지?
그래 놓고 내가 나가면 네 명이서 서로 승리의 미소를 띠면서 웃는 것은 아니겠지?
설마…….

“아니야, 됐어. 소민이는 진심이야. 그리고 나…… 더 이상 있고 싶지 않아.”

나는 가방을 챙겨서 나윤이 집을 나왔다.
닫히는 엘리베이터 문 밖으로 뒤따라 나온 지수의 모습이 살짝 보였다.

울 것 같은 표정이다.

나 대신 수상한 비밀일기에 들어가게 되었는데 좋지 않은 것일까?

더 이상 애들을 보고 싶지 않았다.

아니, 볼 수가 없었다.

거기 계속 있다가는 우는 모습을 결국 보일 것 같았기 때문이다.

나윤이네 아파트 정문을 나서니 참고 참았던 눈물이 왈칵 쏟아졌다.

엉엉 소리 내어 울고 싶었지만, 길거리라서 참았다.

사람들이 이상한 눈으로 나를 쳐다보았지만, 이놈의 눈물이 멈추질 않는다.

그리고 덜덜 떨리는 손으로 핸드폰을 꺼내 인스타의 내 계정 삭제를 눌러 그냥 탈퇴해 버렸다.

더는 상처받고 싶지 않은 마지막 자존심이다.

운명의 장난일까?

그 순간 민호에게서 카톡이 왔다.

민호의 전화를 받고 싶은 마음이 아니라서 영어 학원에서 운 날 이후로 전화를 받지 않았다.

민호는 이틀이 지난 뒤부터 더 이상 전화하지 않았다.

그 대신 카톡 메시지로만 나에게 말을 걸어 왔다.

그런데 지금 이 순간 민호가 다시 카톡을 보내 왔다.

그것도 연달아.

– 왜 전화 안 받아? **오후 8:06**

– 혹시 내가 싫어서 그러는 거야? 학교에서 한마디도 하지 않고. **오후 8:06**

– 김미소, 답답하다. 무슨 일인지 카톡이라도 남겨 주라. **오후 8:07**

– 야, 계속 이렇게 답이 없으면 헤어지자는 뜻으로 생각하게 되잖아. **오후 8:08**

– 김미소, 너무 한다. 이렇게까지 말했는데. **오후 8:09**

– 헤어지자. 다시는 연락하지 않을게. **오후 8:11**

최악이다.

지금이라도 민호에게 연락해 볼까?

헤어지고 싶은 것이 아니라고, 그것은 아니라고…….

핸드폰을 만지작거리다가 그만두었다.

지금은 연락할 수 없다.

울던 목소리로 전화하면 민호는 무슨 일인지 묻겠지?

그럼 거짓말을 섞어서 이 상황을 말하게 될 것 같아 도저히 지금은 아니다.

이것으로 내 첫사랑도 끝나는 것인가?

내가 왜 이렇게 되었지?

친구들에게 나는 고작 이런 존재였다니.

함부로 해도 괜찮은 존재 말이다.

정말 어떻게 해야 할까?

헤어진 뒤 학교에서 민호 얼굴은 또 어떻게 보아야 할지 답답하기만 하다.

여름밤인데도 쌀쌀한 바람이 눈물을 스쳐 지나갔다.

보고 싶다, 엄마가.

잔소리쟁이 엄마가.

멍키포드

요즘 우리 집 분위기는 살얼음판이다.

엄마, 아빠가 이미 스마트폰 사건에 대해 알고 계신 듯하다.

엄마는 걸음마다 내 눈치를 살피며, 깊은 한숨을 자주 내쉰다.

아빠 또한 내 눈치를 엄청 살피고 있는 것으로 보아 알고 있음이 분명하다.

같은 반 친구 몇몇은 자기 엄마에게 이미 말했을 테고, 그 엄마 중 누군가는 우리 엄마에게 말했을 것이다.

분명하다.

파자마 파티 이후 소민, 나윤, 한나와의 관계, 지수와의 일, 부모님의 눈길.

이 모든 것 때문에 내 마음에 돌덩이를 하나 얹은 기분이다.

하루에도 몇 번씩 멍 때리는 시간이 늘어만 갔다.

여름 방학을 해서 친구들 얼굴을 보지 않아도 되는 것이 그나마 불행 중 다행이다.

나란 아이는 왜 이것밖에 안 될까?

진짜 바보, 똥멍청이.

이 모든 것이 너무 버겁다.

갑자기 엄마가 귀찮은 두부 심부름을 시키셔서 마트에 다녀왔는데, 내 책상 위에 노란색 편지 봉투가 놓여 있었다.

노란색은 내가 제일 좋아하는 색인데.

누구지?

편지 봉투에는 보내는 사람 이름이 없다.

편지를 열어 보는 순간 낯익은 글씨체다.

아빠가 보낸 편지다.

첫머리 '사랑하는 우리 미소'만 읽었는데도 내 눈에는 벌써 눈물이 고였다.

아빠가 내 방에 편지를 놓고 갈 시간을 만드느라 엄마가 잘 시키지도 않던 심부름을 시킨 것 같다.

이 생각을 하니 눈물과 웃음이 동시에 나왔다.

사랑하는 우리 미소

미소야, 아빠가 미소에게 쓰는 첫 편지구나.

미소가 어릴 때 종종 아빠에게 편지를 써 줬는데, 생각해 보니 아빠는 우리 미소에게 편지를 써 본 적이 없다는 것을 알게 되었어. 아빠가 너무했어.

우리 미소는 아빠 눈에는 아직 아기로 보이는데, 벌써 중학생을 앞둔 6학년이 되었네. 자꾸 예전 어린 미소 모습이 그리운 걸 보니 참 아빤 요즘 말로 딸바보인가 봐.

미소야, 아빠가 얼마 전에 본 책에서 참 멋진 말이 있어 우리 미소에게도 알려 주고 싶어 편지를 쓰게 되었어. 바로 한 나무에 관한 이야기야. 미국 하와이에 있는 호놀룰루시 마노아로와 오아후 대로가 만나는 지점에는 '멍키포드'라는 나무가 있는데, 글쎄 이 나무 몸통이 15m가 넘는다는구나. 짐작이 되니? 이 나무는 마치 뭐랄까? 거대한 아치를 이루고 있어.

음, 거대한 우산 모양을 하고 있다고 생각하면 이해하기가 쉬울 것 같구나. 관광객들은 이 나무를 보면서 너도나도 멋진 나무의 모습을 사진 찍느라 바쁘다고 해. 그런데 미소야, 그거 아니?

이 멋진 멍키포드 나무는 사실 수많은 옹이와 흉터를 가지고 있다는 것을. 그동안 나무가 겪었을 과거의 상처는 미처 헤아리지 못한 채 사람들은 완벽한 모양의 나무 겉모습만 본다는 것을. 겉으로 드러나지 않는 상처는 다들 눈에 보이지 않나 봐.

우리도 마찬가지라고 아빠는 생각해. 굳이 다 말하지 않아도 힘듦의 몫은 누구나 가지고 있어. 또 한 가지, 미소가 꼭 알았으면 하는 것이 있어. 멍키포드 나무처럼 크게 성장하는 때는 우리가 힘들고 제일 약해져 있다고 생각하는 바로 그 순간이란다.

그러면 누구나 힘드니까 각자 알아서 참아야 하냐고? 아니.

우리 미소에게는 아빠가 있잖아! 멍키포드 나무가 어려움을 견뎌 낸 것처럼 미소에게 어려움이 있을 때 잘 견딜 수 있도록 아빠가 힘이 되어 주고 싶어.

미소야, 아빠는 우리 미소가 어른이 된 모습이 너무 기대된단다. 멍키포드 나무처럼 멋지게 성장한 미소의 모습을. 그때는 우리 미소랑 아빠가 좋아하는 커피 한 잔 같이 마실 날이 올 거야. 아빠는 너무 기대되는 걸?

언제나 엄마, 아빠는 뒤에서 씩씩하게 성장해 나가는 널 지켜보고 있다는 것을 알아주렴. 그리고 널 믿고 사랑한단다. 생각보다 많이.

– 사랑하는 아빠가

이런, 또 눈물이 나려고 한다.

학원 갈 시간이 다 되었는데 눈이 빨개져서 갈 수는 없다.

거울을 보며 눈에 힘을 주어 보았다.

내게는 이렇게 좋은 부모님이 있었지!

괜히 쑥스러워서 엄마, 아빠에게 인사도 하지 않고 집을 나섰다.

엘리베이터 안에서 카톡 프로필에 들어가 친구들과 함께 찍었던 배경 사진을 잠시 망설이다가 지웠다.

졸업사진 찍던 날 나와 소민, 한나와 나윤 넷이서 찍은 사진이다.

그때는 정말 좋았는데…….

사진이 없으니 허전해 보였지만 상관없었다.

그 대신 상태 메시지에 '멍키포드'를 입력했다.

왠지 마음이 편해졌다.

학원 가는 길을 걷다 보니 늦여름인데 나무들이 벌써 색깔 옷을 갈아입고 있었다.

이른 저녁 시간이라 노을이 지면서 하늘이 붉게 빛났다.

눈이 조금 부셨지만, 얼굴을 들어 손바닥 사이로 하늘을 바라

보았다.

손가락 틈으로 보는 노을은 붉은빛만 있는 것이 아니었다.

붉은색, 주황색, 노란색이 뒤섞여 오묘한 빛을 띠고 있었다.

어릴 적 미술 학원에서 가족과 캠핑하는 모습을 그리면서 노을이 지는 하늘을 빨간색으로 마구 칠했던 기억이 떠올라 피식 웃음이 났다.

그때는 당연하게 빨간색으로 칠했는데, 지금 보니 노을이 지는 하늘은 그냥 빨간색이 아니라 여러 색이 조화를 이루고 있다는 것을 깨달았다.

노을은 그때나 지금이나 같은데, 13살이 되고 보니 왜 달라 보이는 것일까?

떠올리지 않으려고 해도 비밀일기 친구들이 생각났다.

소민, 한나, 나윤이와도 노을의 여러 가지 색처럼 어울려서 지낼 수도 있었을 텐데.

뭔가 단단히 꼬여 버린 실타래처럼 지금은 모든 것이 엉망진창이다.

아빠 말처럼 이런 일들이 나에게 다가온 어려움이나 상처일까 생각해 보았다.

그런데 아무리 고민해 보아도 잘 모르겠다.

생각해 보면 소민이는 처음부터 내게 배려가 없었다.

한나는 민호를 좋아하면서 안 그런 척했다.

아니, 속으로는 나를 엄청 질투하고 있었다.

나윤이 역시 나를 진정한 친구로 생각했을까 싶기도 하다.

그런 친구들과 인스타를 함께하고 비밀일기를 적어 왔던 것이다.

내가 바보같이 느껴지지만, 그때는 정말 좋은 친구들이었다.

그리고 지수가 있다.

지수는 생각할수록 마음이 복잡하다.

도대체 언제부터 수상한 비밀일기를 함께 썼던 것일까?

정말로 나 대신 거기에 끼고 싶었을까?

파자마 파티 다음 날 바로 방학을 해서 그 뒤로 지수와는 말할 기회가 없었다.

며칠 생각해 보니, 지수에게 내 사과 따위는 소용없었을지도 모르겠다.

어른들이 말하는 배신이라는 단어가 지금의 나를 잘 표현해 주는 것 같다.

오늘은 방학한 뒤로 영어 학원에 처음 나온 날인데, 역시나 지수는 없었다.

"어? 아빠!"

학원 수업을 마친 뒤 내려오는데 학원 계단 끝에 아빠가 서 계셨다.

눈이 마주친 아빠는 나를 향해 웃어 주셨다.

아, 편안해. 역시 우리 아빠.

"우리 딸, 이제 수업 끝난 거야? 아빠가 학원 끝나는 시간 잘못 알아서 한참 기다렸어."

"말도 없이 어쩐 일이야? 방학 때는 시간표가 조금 다른데 몰랐구나."

"보고 싶어서 왔지. 오랜만에 미소 좋아하는 떡볶이 먹으러 갈까?"

"완전 좋지."

아빠와 나란히 걷는 것은 오랜만인 것 같다.

벌써 내 키가 아빠 어깨쯤 오는 것을 보니 정말 많이 컸구나 싶다.

아빠와 함께 있으면 일부러 계속 말하지 않아도 되어서 좋다.

친구들과 있을 때 잠시라도 침묵이 흐르면 무슨 말이라도 해야 할 것 같아 너무 불편하고 어색했다.

하지만 아빠는 다르다.

“근데, 아빠. 우리 이번 여름 방학 때는 놀러 안 가?”

“아빠가 일이 바빠서 어디 놀러 가기 힘들 것 같아.”

“그래도 서운해. 방학인데 아무 데도 안 가고.”

“미안해, 미소야. 그럼 개학하기 전에 워터파크라도 갈까?”

“응. 마음 넓은 내가 이해해 줄게, 아빠!”

“하하, 이 녀석이.”

아빠와 나는 떡볶이 가게에서 맵고 달달한 떡볶이를 먹었다.

매워서 호호 불어 먹다가 자두맛 음료수로 매운맛을 달랬다.

요즘 로제 떡볶이가 유행이기는 하지만, 나는 빨간 국물 떡볶이가 더 좋다.

국물에 어묵튀김을 푹 찍어서 입에 막 넣으려고 할 때다.

"미소, 요즘 친구들하고는 괜찮아?"

목이 콱 막힌다.

캑캑.

갑자기 파자마 파티 때 기억이 스쳐 지나갔다.

"어. 괜찮아, 아빠!"

"그런데 우리 딸 표정이 요즘 너무 우울해 보이는 거 모르지?"

아빠는 컵에 물을 가득 따라 나에게 주면서 말했다.

아~ 내 표정이 계속 그랬구나. 아빠 걱정했겠다.

"진짜야. 이제 괜찮아."

"무슨 일이 있었는지 물어봐도 돼?"

"말하고 싶지 않은데……. 그리고 진짜 괜찮아졌어."

"알겠어. 그럼 언제든 미소가 말하고 싶을 때 아빠한테 말해 줄래?"

나는 대답 대신 고개를 끄덕였다.

다행히 아빠는 더는 캐묻지 않았다.

아마 엄마였으면 말하기 싫다고 해도 계속 물어보았을 것이다.

아빠와 함께 집으로 돌아가는 길이 너무 좋다.

저녁 8시쯤, 늦여름의 해는 점점 저물어 가고 있었다.

아빠와 발걸음을 맞추어서 걸었다.

아빠가 왼발일 때, 나도 왼발. 아빠가 오른발일 때, 나도 오른발.

갑자기 아빠와 어릴 적 했던, 목 뒷부분을 손가락으로 누르고는 어떤 손가락인지 맞추는 게임이 기억났다.

지금 생각해 보면, 아빠는 내가 목 뒷부분에 손가락을 눌렀을 때부터 이미 어떤 손가락인지 짐작했던 것 같다.

하지만 '어? 아빠는 잘 모르겠는데, 미소가 한 번만 더 해 줄래?'라며 내가 더 많이 할 수 있게 배려해 주셨다.

사랑하는 만큼 날 배려해 준 것이다.

친구들과도 그렇게 지내고 싶다.

좋아하는 마음만큼 서로 배려해 주고, 혹시 뭔가 잘못이 있을 때는 사과하면 받아 주고 말이다.

왕따를 당하지 않으려고 거짓말 따위는 하지 않아도 되는 그런 찐친구.

왜 친구들 사이에서도 누구는 조금 더 함부로 해도 되고, 누구는 눈치를 봐야 하는 것일까?

파자마 파티를 했던 그날 저녁, 늦게 지수에게서 카톡이 왔었다.

– 미소야, 하고 싶은 말이 있어. 기다릴게. 오후 9:57

지수는 내 편일까 하는 생각을 잠시 하다가 내려놓았다.
말도 안 돼! 김미소, 정신 차려!
내 자리에 대신 들어가서 지수는 미안했을 뿐이야.
그만큼 당했으면 이제 눈치 좀 챙기자.
더 이상 그러면 순진한 것이 아니라 멍청한 것이야.
그날 지수의 카톡 메시지에 답하지 않았다.

"우리 미소가 무슨 생각을 그렇게 할까?"
"아빠, 나 눈치가 없기는 없나 봐."
"어? 갑자기 그런 말을."
"그냥 궁금해서. 아빠는 나를 제일 잘 아니까."

"우리 딸은 눈치 없는 스타일이 전혀 아닌데?"

"에휴, 말을 꺼낸 내가 잘못인 듯."

"미소가 왜 눈치가 없어? 지금도 이렇게 아빠랑 왼발, 오른발 발맞추어 걸으면서 상대방을 배려해 주는 아이인데."

"그런가?"

"누가 눈치 없다고 미소에게 말했나 보네. 어쩌면 그렇게 말한 친구가 널 그렇게 보고 싶었던 것은 아닐까?"

나는 잘 모르겠어, 아빠…….

"미소야, 친구 마음을 헤아려 주는 것도 좋고 배려해 주는 것도 다 좋아. 하지만 네 마음이 힘들다면 꼭 그렇게 하지 않아도 괜찮아. 알지?"

"말은 쉬운데 막상 그렇게 하기는 어려워, 아빠."

"어렵지. 아빠도 인간관계가 쉽지 않아."

어른들도 그런가 보다.

서로 배려해 주는 편안한 관계는 다들 어려운가 보다.

그 뒤로도 소민이가 나를 똑바로 쳐다보며 눈치 없다고 했던 기억이 떠올라 꽤 자주 마음이 아팠다.

헤어진 민호에 대한 내 마음도 정리되지 않아 복잡했다.

자려고 누우면 나도 모르게 민호 얼굴이 생각나서 가끔 울 때도 있었다.

그래도 아빠와 함께 집으로 걷는 발걸음이 무거웠던 내 마음에 작은 위로가 되어 주었다.

아빠가 건넨 위로로 오늘은 마음의 소용돌이가 조금은 가라앉은 듯했다.

마니또 게임

여름 방학이 끝나고 개학을 했지만 꽤나 더운 날이 이어졌다.

담임 선생님이 갑자기 마니또 게임을 제안하셨다.

우리 담임 선생님과는 처음 해 보는 것이 많은 것 같다.

마니또 게임?

별로 마음에 들지 않는 친구가 마니또가 되면 어쩌나 하는 걱정이 들었다.

정확히 말하면 비밀일기 친구 중 누군가가 내 마니또가 될까 봐 걱정이다.

여름 방학 동안 많은 생각을 했고, 친구들을 향한 내 마음은 완전 달라졌다.

개학 후 겉으로 보기에는 아무렇지 않은 척 예전처럼 친구들과 이야기도 하고 그렇게 보냈다.

역시 소민이가 제일 불편하기는 하지만.

다른 친구들도 이제 편하지만은 않다.

솔직히 처음에는 나윤이와 한나가 내 편을 조금만 들어 주었으면, 그래서 뭔가 이 어색한 상황이 빨리 지나갔으면 했다.

하지만 파자마 파티 이후 그런 마음도 다 버렸다.

아니, 예전처럼 절대 솔직해질 수 없을 것 같은 거리감이 내 마음속에 이미 생겨 버렸다.

다행히 2학기 시작과 함께 짝과 모둠이 바뀌는 바람에 예전처럼 친구들과 앞뒤로 앉지 않아서 그나마 참을 만했다.

물론 뒤에서 여전히 셋이 내 뒷담화를 할 것 같은 불안감은 늘 있었지만 학교에서는 애써 모른 척, 괜찮은 척 그렇게 견디었다.

마치 은따처럼 말이다.

복잡한 마음으로 펼친 마니또 쪽지는 예상을 절대 빗나가지 않았다.

이소민

이건 무슨? 한숨만 나왔다.

이주일 동안 자신의 마니또에게 친절하게 대해 주어야 한다.

이주일째 되는 마지막 날에는 마니또에게 작은 선물도 해야 한다.

그런데 나는 그러고 싶은 마음이 도저히 들지 않았다.

바로 다음 날부터 자신의 마니또에게 티가 나게 잘해 주는 친구들이 보였다.

다들 누가 자신의 마니또인지 무척 궁금해 했다.

"나는 내일 일찍 올 거야. 마니또에게 선물을 주려면 그래야 할 것 같아."

매일 지각 직전에 간신히 들어오던 한나도 그렇게 말했을 정도다.

"도대체 마니또가 누군데 저러는 거야?"

"비밀!"

"치, 한나 너 정말 나한테도 말 안 할 거야?"

"응, 안 할 거니까 묻지 마셔!"

"그나저나 내가 마니또인 친구는 누군데 이렇게 무심한 거야?"

소민이와 한나가 하는 말을 듣던 나는 나오려는 한숨을 속으로 삼켰다.

나는 소민이에게 어떻게 해야 할까?

고민만 깊어졌다.

점심시간에 급식을 먹고 오니 내 책상 위에 작은 선물 상자가 놓여 있었다.

민트색 상자에 예쁜 리본이 달려 있었다.

나와 동시에 상자를 본 나윤이가 얼른 열어 보라며 호들갑을 떤다.

나윤이가 고맙다.

파자마 파티 이후에 겉으로라도 친한 척해 주어서 말이다.

분명 소민이도 눈치를 줄 텐데.

"미소야, 빨리 열어 봐. 궁금해 죽겠다."

"잠시 내가 먼저 보고."

조심히 열어 본 상자 안에는 선물과 함께 쪽지가 놓여 있었다.

너와 진정한 친구가 되고 싶은 지수가

힐끔 보았지만, 쪽지에는 분명히 그렇게 적혀 있었다.

교실에서 지수는 보이지 않았다.

무슨 뜻이지? 지수는 수상한 비밀일기 친구들과 가까워지고 싶은 것이 아니었나?

쪽지를 얼른 두 손으로 가리고는 서랍 안에 넣었다.

다행히 선물만 본 나윤이는 선물 주인공인 나보다 더 흥분했다.

"뭐야뭐야, 너무 귀여운 거 아니야?"

예쁜 캐릭터 그림이 그려진 핸드크림이다.

나윤이는 좋겠다며 누가 이렇게 귀여운 선물을 했는지 부러워했다.

그리고 누가 자기 마니또인지는 모르겠지만, 선물은커녕 잘해 주지도 않는다며 투덜거렸다.

하지만 나는 선물보다 쪽지 때문에 마음이 더 콩닥콩닥했다.

애써 마음을 진정시켜 보았다.

학교에서 이후 시간을 어떻게 보냈는지 모를 정도로 빠르게 흘러갔다.

집으로 가는 길에 누군가 나를 부르는 소리에 뒤돌아보니 코앞에 지수가 있었다.

지수에게서 숨이 차 헉헉대는 소리가 났다.

"미소야, 아~ 숨차. 아까부터 몇 번이나 불렀는데 못 듣더라!"

"으응, 그랬구나. 이것 때문에 못 들었네. 미안."

그제야 나는 귀에 꽂았던 무선 이어폰을 뺐다.

어색해서 웃어 보였다.

지수 얼굴을 이렇게 가까이서 똑바로 본 적이 있었나?

지수 눈동자에 내 모습과 가을 하늘이 동시에 비쳐 말갛게 보였다.

"파자마 파티 하던 날, 네 마음이 어땠을지 나는 알 것 같아."

숨을 한 번 크게 쉬더니 지수는 망설이지 않고 단번에 말을 내뱉었다.

"내 마음을 알 것 같다고?"

"응. 친구들 모두가 따돌리는 느낌이 얼마나 슬픈지 나도 알아."

"아니라고는 못 해."

"그날 소민이가 나윤이네로 오라고 했어. 나는 당연히 네가 온다고 해서 간 거야. 파자마 파티가 너를 빼고 수상한 비밀일기 친구로 나를 넣으려고 하는 자리라는 것을 사실은 알고 있었어. 소민이가 미리 말했거든."

"……."

"하지만 중요한 것은 나는 그럴 생각이 1도 없다는 거야. 그때 나윤이 집에 갔던 이유도 그럴 생각이 없다고 말하려고 간 거야. 비밀일기장도 당연히 쓸 생각이 없고. 혹시 오해할까 봐 너한테도 말하려고 했는데, 먼저 나가 버려서 말할 순간을 놓쳤어. 너 가고 나서 나머지 애들한테 분명하게 내 뜻을 전달했다고 생각해. 그러고는 나도 금방 나왔고."

말을 마친 지수는 숨이 찬 듯 다시 한 번 크게 숨을 내쉬었다.

"나한테 굳이 이 이야기를 하는 이유를 물어봐도 돼?"

"오해하지 말라고. 나는 수상한 비밀일기 친구들이 아니라, 너랑 진정한 친구가 되고 싶었어. 모르겠어? 영어 학원에서 네가 진심으로 사과했을 때 나도 네 마음을 받아 주고 싶었는데, 말하는 게 늦어졌던 거야. 거기다 파자마 파티 일까지 겹치다 보니 더 말하기가 힘들었어. 너무 늦게 말해서 미안해. 미소야."

지수는 어깨를 으쓱해 보였고, 그 모습에 살짝 고민이 되기 시작했다.

믿어도 될까?

배신하지 않을까?

"나한테 있었던 일 말하지 않아도 이미 다 알고 있을 거야. 그래도 내 진정한 친구가 되어 주겠다고 해서 고마워. 그런데 말이야……."

"응, 말해."

"나 조금 무서워. 무슨 감정인지 잘 모르겠지만 요즘 마음이 너무 답답하기도 하고. 비밀일기 친구들을 진짜 좋아했나 봐. 예전처럼 다시 잘 지내고 싶다는 생각이 가끔씩 들기도 하지만 그러고 싶지 않다는 생각도 솔직히 들어. 내 진심인 마음을 보여 주었는데 돌아오지 않는 게 너무 힘들었으니까.”

“정말 힘들었구나.”

“사실 그래. 소민이와 한나 얼굴 보고 아무렇지 않은 척하는 것도 그렇고.”

“그래서 어떻게 하고 싶은데?”

“어떻게 해야 할지 계속 고민 중이야. 결론은 안 나지만. 그냥 이렇게 은따 비슷하게 지내는 게 마음 편하기도 하고 그래. 참 지수야, 너는 누가 마니또야? 물어봐도 돼?”

나는 자연스럽게 다른 화제로 말을 돌렸다.

“글쎄 있잖아. 난 담임 선생님이 마니또지 뭐야?”

피식, 웃음이 났다.

“너도 웃기지? 나도 처음에는 황당했어? 선생님이 말씀을 안 하셔서 우리와 함께 마니또 게임을 하시는 줄 몰랐는데, 선생님 이름이 마니또로 적힌 쪽지를 보고 진짜 황당했다니까. 우리 선생님 은근히 웃겨. 그치?"

"그러게."

담임 선생님이 마니또라니.

생각만 해도 지수가 얼마나 당황했을지 짐작이 갔다.

"그래서 어떻게 할 건데?"

"고민이기는 한데 선생님께 뭐가 필요한지 잘 모르겠고. 그냥 편지나 정성스럽게 쓸까 생각 중이야. 너는 누군데?"

"실은 소민이야. 아직 뭘 선물해야 할지는 고민 중이고."

"미소야, 뜬금없기는 하지만 그래도 말할래. 힘들고 누군가에게 말하고 싶어 마음이 터질 것 같을 때는 나한테 연락할래? 나도 예전에 겪어 봐서 네 마음 잘 알아."

"정말? 그랬어?"

"예전 학교에서 그런 일이 있었어. 그때 우리 반에 왜 좀 그런 애 있잖아. 느리다고 해야 할까? 아무튼 그런 친구가 있었는데, 그 애를 한두 명이 꼽주기 시작했어. 처음에는 장난처럼 시작했던 친구들이 그 애가 크게 반응하지 않으니까 더 심하게 괴롭히기 시작하더라."

"그래?"

"응, 나는 반 친구들이 그 애를 괴롭히는 모습이 참 비겁하다고 생각했어. 그래서 내가 편을 들어 주고, 혼자 급식 먹는 그 애 곁을 지켜 주고 했더니 어느새 내가 왕따처럼 되어 버리더라고."

"왜 그런 거야?"

"나야 모르지. 내가 뭐 나댄다나 어쩐다나. 그러면서 날 왕따 시키지 뭐야."

"나쁘네."

"일이 심상치 않으니까 그때 담임이 나서서 왕따를 시킨 애들이 나한테 사과를 하게 했어. 그런데 겉으로만 끝났지 멈추지 않더라고. 뒤에서 묘하게 날 비웃는 느낌? 그때는 반 친구들이 정말 싫더라. 너무 뻔뻔했어. 그런데 마침 아빠가 이직하면서 이쪽으로 이사를 온 거야."

"그랬구나. 몰랐네."

"그런데 여기에서도 또 이런 일이 생길 줄이야."

"아~"

나는 지수가 전학을 오게 된 사연을 몰랐다.

그런 아픔이 있었다는 것도 말이다.

그런 지수에게 내가 못된 짓을 했다는 생각이 들어서 더 미안했다.

기껏 전학을 온 학교에서 나 때문에 또 이런 일을 겪게 되다니.

"미안해, 지수야."

"나도 미안해. 너무 늦게 말해서. 이번에는 네 차례야. 진정한 친구가 되고 싶은 내 진심을 이제는 받아 줘!"

지수가 내 눈을 보고 말했고, 마주 보는 눈빛이 따뜻해서였을까? 나도 지수 눈을 피하지 않았다.

가을이 점점 익어 간다.

영어 학원으로 가는 길을 따라 지수와 말없이 걸었다.

3층으로 올라가면서 나는 용기를 내서 지수에게 마음을 전했다.

그리고 지수의 손을 조심히 잡았다.

역시 따뜻했다.

"고마워, 지수야. 이렇게 나에게 진심을 말해 줘서. 너랑 진정한 친구가 될 자격이 있는지 모르겠지만."

"그럴 줄 알았어. 그리고 친구 사이에 웬 자격? 미소 뭐 먹고 싶어? 수업 마치고 내가 오늘 쏠게."

지수가 씩 하고 웃어 주었다.

지수 웃음이 내 마음을 다독여 주었다.

오랫동안 체한 것처럼 답답했던 마음이 풀리는 것 같다.

김미소, 내가 잘하는 것

나는 소중하다고 생각했던 친구들을 잃었다.

친구들과 함께했던 오픈 채팅방에서는 아직 나오지 않았지만, 파자마 파티 이후로는 단 한 번도 대화하지 않았다.

아마 인스타처럼 나만 빼고 자기들끼리 따로 오픈 채팅방을 만들었을 것이다.

가끔 채팅방에 남아 있는 예전 사진들을 볼 때면 괜찮다고 생각했던 마음이 완전히 괜찮지 않음을 느꼈다.

우리 네 명이 활짝 웃는 사진을 보니 마음이 편하지 않았다.

여기도 인스타처럼 소민이와 한나는 내가 나가길 바라겠지?

그 대신 학교에서 지수와 이야기하는 날이 많아졌다.

그렇게 있는 듯 없는 듯 지내던 어느 날이었다.

반 친구들이 스스로 정한 '우리 반 규칙과 제안'을 게시판에 꾸미는 날이 다가왔다.

선생님은 게시판 꾸미기를 우리에게 모두 맡기셨다.

학급 회의 시간에 어떻게 할지 구체적으로 정하기로 했다.

이럴 때는 꾸미기나 만들기에 자신 있는 친구들이 솜씨를 뽐낼 수 있다.

나는 마음이 심란해서 솔직히 아무 생각도 하지 않고 있었다.

그런데 학급 회의에서 지수가 손을 들더니 갑자기 나를 추천했다.

"미소가 캘리그래피를 잘하니까 멋지게 게시판 제목을 써 주면 어떨까요?"

"오!"

아이들이 환호해 주니 쑥스럽지만 속으로 기분은 좋았다.

‘아, 맞아. 나는 캘리그래피를 잘할 수 있는 아이였지? 내가 왜 여태 그 생각을 못 했지?’

나는 그림 그리기를 좋아했다.

6학년이 되어 수학 학원에 시간을 더 투자해야 한다고 엄마가 그만두게 했지만, 7살 때부터 미술 학원에 다녔으니 꼬박 7년이나 다닌 셈이다.

그림 그리기도 좋아했지만, 특히 나는 캘리그래피를 더 좋아했다.

금요일마다 미술 학원에서 했던 캘리그래피를 완성하는 날에는 미술 선생님이 칭찬해 주셔서 더 열심히 했던 기억이 난다.

무엇보다 내가 좋아하는 것으로 뭔가를 완성해 냈다는 뿌듯함에 종일 들떴다.

문득 ‘우리 반 규칙과 제안’을 멋지게 캘리그래피로 만들어 보고 싶었다.

특히 민호가 의견을 냈던 규칙도 있어서 더욱 그랬다.

나도 용기를 내어 게시판 꾸미기에 나서기로 했다.

스마트폰 사건 이후로 선생님과 눈도 잘 마주치지 못하는데도 말이다.

선생님께 용기를 내 말씀드리니, 내게 잔잔한 미소를 보내며 말씀하셨다.

"선생님은 미소가 캘리그래피를 잘하는 줄 몰랐네. 그래, 멋지게 한번 준비해 볼래?"

그러면서 캘리그래피에 필요한 하드보드지와 여러 붓펜도 내어 주셨다.

'꼭 멋지게 해 보이고 싶어! 나도 뭔가 잘할 수 있다는 것을 친구들에게 보여 줄 거야! 찌질이 같은 모습 말고.'

온 정성을 쏟은 탓에 그날 밤 12시가 넘어서야 겨우 끝이 났다.

다 완성된 캘리그래피를 사진으로 찍었다.

찍은 사진을 나도 모르게 카톡에 첨부해서 민호에게 보내려다 깜짝 놀랐다.

나 왜 이러니? 민호랑 헤어진 지가 언제인데.

한숨이 나왔다.

다음 날 완성한 캘리그래피를 조심스럽게 들고 가니 친구들 모두 잘했다며 한마디씩 했다.

"야, 미소야. 너 개멋진데? 잘했다. 그치 소민아?"

"뭐, 나쁘지 않네."

나윤이 물음에 게시판을 대충 훑어보던 소민이가 겨우 한마디 했다.

민호의 반응이 궁금해서 나도 모르게 민호 쪽을 몇 번이나 힐끔거렸는지 모른다.

물론 민호는 나를 보지 않았지만, 마음이 두근두근했다.

미술 시간에 선생님이 반 친구들 모두에게 말했다.

"자, 다들 미소가 만들어 온 '규칙과 제안' 캘리그래피 봤지? 멋지게 게시판을 꾸며 준 미소에게 우리 박수 한 번 쳐 주자!"

괜히 어깨가 으쓱해졌다.

기분이 하늘을 나는 듯했다.

몇 번 되지 않지만 단원평가에서 100점을 맞았을 때처럼 마음이 뿌듯하다.

이 느낌이 바로 진로 교육 시간에 배운 '나다움'을 찾은 기쁨일까?

진로 교육 시간에 영상으로 소개했던 '나다움'은 자기가 잘하는 것, 좋아하는 것을 찾아 나만의 특별한 기쁨을 만드는 것이라고 했다.

그때는 그냥 하는 시시한 교육이려니 흘려들었다.

지금 생각해 보니, 잘하는 것으로 나만의 기쁨을 만들어 가는 것이 '나다움'으로 한 발짝 다가가는 길일지도 모르겠다.

다음 날 오후, 오랜만에 미술 학원에 갔다.

물론 엄마에게는 다시 미술 학원에 다닐 수 있다면 수학과 영어 학원도 더 성실히 다니겠다고 약속했다.

학원에 들어서자 잠시 잊고 있었던, 내가 그토록 좋아했던 그림과 캘리그래피, 만들기를 한 작품들이 눈에 들어왔다.

특히 물감에서 나는 독특한 냄새는 다시 7살 때로 돌아가게 하는 마법을 부렸다.

마냥 좋기만 하던 시간이었다.

이래서 그렇게 미술 학원에 오고 싶었구나 생각했다.

"미소야, 뭐부터 다시 해 볼까?"

"선생님, 요즘 제 마음을 표현하는 그림을 그려 보고 싶어요."

"그래? 그러고 보니 못 본 사이에 미소 키가 훌쩍 컸네."

키가 자란 만큼 마음도 그만큼 크면 좋을 텐데.

아직 나는 마음이 자라려면 멀었다. 휴~

수업이 끝나고 내 그림을 한참 들여다보던 미술 선생님이 미소를 지어 보였다. 나는 여전히 자신감 없던 7살 꼬맹이 때와 비슷한 마음인데, 내 그림을 보면 내면의 성장이 느껴진다고 하셨다.

진짜일까?

나도 잘 모르는 내 마음을 선생님은 그림으로 대체 어떻게 아신다는 것인지 잘 모르겠지만, 선생님이 한 칭찬은 내 마음을 뿌듯하게 했다.

돌이켜 생각해 보니 오늘 학교에서 있었던 일도 그렇고, 미술 선생님의 칭찬도 그랬다.

종일 내 마음을 뿌듯함으로 가득 채울 수 있었던 것은 내가 좋아하고 잘하는 것에 집중할 때라는 생각이 들었다.

물론 친구들과 떡볶이를 사 먹고 시시덕거리는 시간도 좋다.

하지만 내가 잘하는 것에 집중하는 나다움의 시간을 가지는 것으로도 이렇게 마음을 뿌듯함으로 채울 수 있다는 것을 깨달았다.

이제는 내가 좋아하는 것, 잘하는 것을 찾아 나다움에 다가가도록 내 마음에 좀 더 솔직해져 보자고 미술 학원을 나서면서 생각했다.

친구들과 관계도 이제는 눈치가 아닌 솔직함으로 부딪쳐 보고 싶었다.

그러려면 제일 먼저 소민이와 이야기해야 한다.

몇 번이나 소민이에게 카톡 메시지를 쓰다 지우길 반복했다.

그러다 소민이 번호로 통화 버튼을 눌렀다.

“어! 근데 니가 웬일이야? 전화를 다 하고.”

“하고 싶은 말이 있어서. 근데 카톡으로 할 말은 아닌 거 같아.”

“뭔데 하고 싶은 말이. 나 영어 보강 수업이 있어서 길게 통화하지 못해.”

“나 너한테 사과를 받고 싶어.”

“방금 뭐라고 했냐 너?”

"말 그대로야. 네가 그동안 나한테 주었던 상처를 사과해 줬으면 좋겠다고."

"야! 뭐래, 진짜. 김미소, 너 뭐 잘못 먹었냐?"

가슴이 쿵쿵댔지만, 말해야 했다.

늦지 않게.

나다움

“오늘 나눠 주는 가정통신문은 중학교 배정과 관련되었으니 집에 가면 꼭 부모님께 바로 보여 드리자. 그리고 오늘부터 개별 상담 시작하는 거 알고 있지? 오늘 상담에 해당되는 친구들은 잊지 말고 남도록!”

가을이 깊어 갈 무렵이 되자, 중학교 배정 안내 통신문이 나왔다.

6학년이 된 것도 얼마 되지 않은 것 같은데, 어느새 중학생이라니?

게다가 아직 어느 중학교에 가야 할지도 확실히 결정하지 못했다.

한나가 청소 시간에 할 말이 있다며 상담이 끝날 때까지 기다려 달라고 했다.

웬일일까?

한나는 오늘 선생님과 상담이 있었다.

"미소야, 기다려 줄 수 있어?"

"……."

한나와는 파자마 파티 이후 애써 말을 하지 않았다.

꼭 필요한 말 외에는 하지 않으려고 노력하는 중이었고, 한나도 나를 그렇게 대했다.

이제는 입다기보다 무슨 말을 해야 할지 모르겠다는 것이 솔직한 마음이다.

그런 상태인데, 왜 한나가 나를 보자고 하는는지 고민이 되었다.

조회대 옆 돌계단에 아무렇게나 앉아서 기다린 지 20분이 흘렀을까?

'어제 소민이랑 통화한 것 때문에 보자는 걸까? 설마.'

'딱히 기다리겠다고 약속한 것도 아닌데, 그냥 갈까?'

일어서는 순간 뒤에서 나를 부르는 한나 목소리가 들렸다.

"미소야."

어색하게 웃으며 한나를 바라보았다.

무슨 말이라도 해야 할 것 같은 기분이다.

"상담은 잘 했어? 선생님이 뭐 물어봤어?"

"중학교 어디 가고 싶은지 물어보더라고. 당연히 제일 가까운 학교에 가겠다고 말씀드렸어."

"그랬구나."

"넌 어디 낼 거야?"

"아직 결정하지 못했어."

잠시 침묵이 흘렀다.

한나도 나도 서로 말을 먼저 꺼내기가 조심스러운 눈치다.

머뭇거리다 결심한 듯 내 얼굴을 보며 한나가 말하기 시작했다.

"소민이한테 그동안 네게 상처 준 거 사과하라고 했다며? 어제 저녁에 소민이가 흥분해서 나한테 전화했어. 일단은 내가 너한테 왜 그런지 물어본다 하고는 끊었지. 나도 해야 할 말이 있기도 하고."

안 봐도 소민이가 전화로 얼마나 길길이 날뛰었을지 상상이 되었다.

"왜 내가 그렇게 말해서 소민이가 기분 나쁘데?"
"……."
"그리고 소민이와 통화한 걸로 너랑 할 말도 없어."
"어, 그래? 난 소민이가 그렇게 이야기하길래."
"나 소민이한테 직접 사과를 받고 싶어. 그동안 나 상처 많이 받았거든. 지금 생각하니 파자마 파티 때 너희들 마음 알게 되어서 다행이라고 생각해. 오히려 나 혼자 계속 바보같이 모를 뻔했잖아. 그리고 궁금할지 모르겠지만 나 인스타 탈퇴했어."
"근데 오해야, 미소야."

"무슨 오해? 소민이는 날 못마땅해 하고, 넌 민호 때문에 나 싫어한 거 아니었니?"

"다 맞는 말도, 다 틀린 말도 아니야."

한숨이 나왔다. 무슨 말이 하고픈 것일까?

"민호를 좋아했던 건 맞아. 사실이야."

얕은 한숨이 나왔다.

제발, 한나야.

"그런데 돌이켜 보니 내가 민호만큼 널 좋아했더라고."

"네 말 무슨 뜻인지 하나도 모르겠어."

"그동안 민호를 좋아했던 마음 때문에 너에게 함부로 대했던 거 미안하다고 꼭 말하고 싶었어."

"……."

"민호가 너를 좋아한다고 너를 탓할 일이 아니란 거 알고 있었지만, 나 질투가 났나 봐. 그래서 너 미웠어."

"민호 언제부터 좋아했어?"

“아마 너랑 비슷할 거야.”

틴트를 한나에게 주었던 때가 기억났다.

말로는 고맙다고 하면서 묘하게 느껴지는 이상한 기분이 그냥 느낌만은 아니었던 것이다.

그때 내가 조금이라도 눈치를 챘더라면 모든 것이 달라졌을까?

“소민이와 함께 왕따시켰던 거 정말 미안해. 내가 나빴어. 민호만 생각하면 나도 모르게 나쁜 생각이 자꾸 들었어.”

“그런 말 이제 별로 듣고 싶지 않아.”

“그래도 미안하다는 말은 꼭 해야 할 것 같아.”

“네 마음 편해지려고 미안하다고 하는 거야? 너무 늦었어. 예전이었으면 모르겠지만, 이제는 네 사과 받고 싶지 않아.”

생각보다 담담하게 할 말을 한 뒤 먼저 돌아섰다.

잔뜩 찌푸렸던 하늘은 끝내 가을비를 후드득 뿌렸다.

맞다.

엄마가 아침에 비 온다고 우산 가지고 가랬는데 한 귀로 흘려 버렸더니 결국 비를 맞았다.

역시 엄마 말씀을 들어야 했어.

비를 피하기 위해 아파트 정문 입구에 있는 정자에 앉았다.

발끝에 닿을 듯 말 듯 촉촉하게 비가 내렸다.

핸드폰을 꺼내 카톡 상태 메시지를 멍하니 보았다.

멍키포드

사진을 지운 뒤 아무것도 다시 올리지 않아 카톡 화면이 어쩐지 허전해 보였다.

갑자기 멍키포드 나무가 어떻게 생겼는지 궁금해서 검색해 보았다.

이미지에서 본 멍키포드의 모습은 크고 화려했다.

100살은 넘었을까?

하지만 이렇게 멋진 나무도 상처가 가득하다는 아빠의 편지가 떠올랐다.

멍키포드 나무처럼 상처 가득한 이 시기가 지나면 편안해질까?

마음을 정리하고 싶어 멍키포드 나무 사진을 내려받아 카톡

프로필 사진으로 설정해 놓았다.

뭔가 내게 힘을 주는 것 같다.

그리고 나와의 채팅창을 열어 나에게 카톡을 보냈다.

– 지금이 제일 힘들고 약한 순간이야. 잘하고 있어. **오후 3:00**

– 이 순간이 지나면 멍키포드처럼 성장한 내 모습이 기다리고 있을 거야. **오후 3:00**

– 나는 나야. 김미소. **오후 3:01**

엄마와 며칠 동안 신경전을 벌어야 했다.

중학교 지원서를 결국 내가 가고 싶은 예술 중점 중학교에 내겠다고 우겼기 때문이다.

좋아하는 미술을 조금 더 열심히 해 보고 싶었다.

엄마는 괜히 미술 학원에 애를 다시 보내서 이 사단이 났다며, 며칠 동안 화를 냈다가 나를 달랬다가 반복하셨다.

하지만 나도 내 뜻대로 고집을 부렸다.

"예술 중점 중학교에 간다고 다 예술 고등학교에 가고, 예술 대학교에 가는 거 아니라고. 일단 해 보고 내가 미술에 소질이 없다고 스스로 생각하면 일반 고등학교에 가면 된다고 말했잖아."

"그러니까. 그럴 거면 왜 예술 중점 중학교에 가려고 하냐고?"

"그래도 내가 좋아하고 해 보고 싶으니까. 나다움으로 가는 길이니까."

"나다움? 에휴, 졌다. 내가 졌어. 네 마음대로 해라."

더 이상 내 뜻을 굽히고 싶지 않았다.

나답게 멋대로 해 보기

11월 마지막 날. 제법 추워졌다.

겨울이 다가오니 꽤 차가운 바람이 불었고, 가로수의 낙엽들도 바람에 우수수 떨어져 등굣길에 온통 나뭇잎이 나뒹굴었다.

비밀일기 친구들과 자주 가던 떡볶이 가게를 지날 때였다.

추워서 그런가? 코끝이 찡했다.

그런데 갑자기 누가 내 가방에 어깨를 두르더니 내 왼쪽 귀에 무선 이어폰을 꽂아 주었다.

굴하지 않는 보석 같은 마음 있으니

굴하지 않는 보석 같은 마음 있으니

씩 웃는 지수.

"음악 좋지?"

"어, 완전! 근데 이거 누구 노래야?"

"나도 잘은 몰라. 우리 엄마가 듣던 옛날 가수 노래인데, 좋아서 유튜브에서 다운받아 왔어."

지수와 학교 정문으로 들어선 후 실내화를 갈아 신는데, 소민이가 보였다.

굳이 피하고 싶지 않았다.

지수가 소민이에게 어느 중학교에 지원할 것이냐고 물었다.

웬일인지 소민이가 나에게도 물어보았다.

"너는 어디로 지원서 낼 건데?"

"○○예술 중점 중학교에 내려고."

"그래? 거기로 가려면 버스 타고 다녀야 되지 않냐? 멀잖아.

귀찮게."

"응. 귀찮아도 나는 그럴 거야!"

"근데, 둘이 친해 보인다?"

"응. 앞으로 친해져 보려고!"

내 말에 소민이가 흠칫 놀라는 모습이다.

불과 몇 달 전에 본인이 나에게 했던 말을 되돌려 주었다.

속이 시원했다.

소민이는 잠시 나를 노려보더니 쌩하니 스쳐 지나갔다.

내 말에 지수는 쌍따봉을 날리며 킥킥 웃었다.

점심시간이 끝나기 전, 지워진 틴트를 다시 바르려고 화장품이 든 파우치를 들고 화장실로 갔다.

익숙한 목소리에 발걸음을 멈추었다.

"미소는 ㅇㅇ예술 중점 중학교에 간대."

"그래? 넌 어떻게 알았어?"

"아침에 등교할 때 미소한테 직접 들었어. 지수랑 같이 친한 척 붙어 있더라."

"거슬린다는 말로 들리는 건 느낌적인 느낌이냐? 왜 지수랑 미소랑 친해지는 거 싫어?"

"누가 싫다고 했냐? 그냥 그렇다는 거야!"

"참! 수상한 비밀일기 이제 쓰지도 않는데, 그만하는 게 어때?"

"맞아. 나윤이는 아예 일기장 보지도 않고 그냥 나한테 넘기더라. 확 이거 버릴까? 짜증 나는데."

"야 그래도 버리긴 그래. 그냥 좀 들고 있어."

"귀찮아. 괜히 시작해서 말이야."

"네가 시작하자고 했거든! 수상한 비밀일기!"

"그래서 더 짜증 난다고."

소민이와 한나다.

파자마 파티 이후로 수상한 비밀일기는 흐지부지된 것 같다.

내가 빠지면 신나서 더 열심히 쓸 줄 알았는데 왜 일기장을 그만 쓰게 되었을까.

알 수 없는 일이지만 길게 생각하지 않기로 했다.

어색해진 사이가 된 지금, 그 애들 마음을 헤아리거나 배려하고 싶지 않았다.

지금은 나에게 집중하고 나다움으로 채워 성장하고 싶은 시기이기 때문이다.

오늘은 수요일이라 영어 학원이나 수학 학원이 아닌 미술 학원에 가는 길이다.

좋아하는 그림을 그리러 간다는 생각에 발걸음이 가벼웠다.

"미소야, 수요일인데 오늘 뭐 해?"

"나 오늘 미술 학원 가는 날이잖아. 그림 그릴 때는 마음이 편해."

"그래서 예술 중점 중학교에 가고 싶은 거구나? 좋겠다. 하고 싶은 게 있어서. 난 아직 내가 뭘 해야 할지 잘 모르겠어."

"우리 지수님은 영어를 좀 하잖아요!"

놀리듯이 웃으면서 지수에게 말하며 교문을 빠져나왔다.

"야, 말도 마. 나 어제 단어 테스트 통과하지 못해서 오늘 재시치러 영어 학원에 가야 하잖아! 아오!"

"네가 그런 날도 있구나."

"그러니까. 그래도 오늘 테스트만 통과하면 빨리 마칠 것 같은데. 넌 미술 학원 몇 시에 끝나? 우리 조금 있다 만날래?"

"좋아."

우리는 각자 학원을 마친 뒤 카톡으로 약속을 잡기로 하고는 헤어졌다.

미술 학원 가는 길, 낙엽이 켜켜이 쌓인 곳을 일부러 밟아 보았다.

바스락바스락! 왠지 기분 좋은 소리가 났다.

그래도 누가 보면 창피하니까 누가 오지 않나 하고 주변을 흘깃 둘러보았다.

다시 한 번 바스락바스락 소리를 냈다.

BTS 오빠들 노래를 흥얼거릴 만큼 기분이 좋았다.

오랜만에 편안한 마음으로 미술 학원에 갔다.

지수랑 놀고 싶은 마음에 빨리 그림을 그렸는데도 어느새 한 시간 반이 훌쩍 지나 있었다.

– 난 미술 마쳤음. 넌? **오후 3:00**

– 나도 마침. ㅋ 어디로 가면 돼? **오후 3:02**

– 학교 옆 놀이터 벤치에서 기다리고 있을게. 빨랑 와.^–^ **오후 3:02**

— ㅇㅋ 오후 3:04

미술 학원에서 놀이터까지는 채 5분도 걸리지 않을 만큼 가까워 지수보다 내가 먼저 도착했다.

그때였다.

놀이터로 민호가 오는 것이 보였다.

나도 모르게 벤치에서 벌떡 일어났다.

"미소야!"

민호가 나를 불렀다.

심장이 쿵 하고 내려앉는 줄 알았다.

"어, 어, 안녕?"

뭐라고 말해야 하지? 어색해서 무슨 말을 해야 할지 머릿속이 하얘졌다.

"지나가는 길이야? 아니면 여기서 무슨 약속이 있는 거야?"

"너한테 할 말이 있어서."

이것은 또 무슨 상황인지.

나는 지수랑 만나기로 했는데. 혹시 설마?

"지수가 알려 줬어. 너 여기 있을 거라고."

"아~"

가까이에서 민호 얼굴을 보니 주체할 수 없이 너무 떨렸다.

너무 오랜만이라 그런가?

다시 사귀자는 말을 할 건가.

아니지, 내가 카톡 답장도 안 하고 전화도 안 받았는데.

나 같은 애가 뭐가 좋다고.

어쨌든 민호를 보니 우리들의 이야기를 마무리 짓고 싶기는 했다.

민호 얼굴이 안경과 함께 반짝 빛이 났다.

차마 똑바로 민호를 볼 용기가 없어 고개를 숙이면서 벤치에 앉아 애써 핸드폰을 만지작거렸다.

우리는 서로 맞은편 벤치에 따로 앉았다.

그런데 민호도 핸드폰을 꺼내더니 어디론가 카톡을 보냈다.

그때 울리는 내 핸드폰 메시지 알림 소리와 카톡 메시지 '1'.

ㅡ ㄴㄴㅈㅇㅎ **오후 3:10**

마음이 쿵쾅쿵쾅 뛰었다.

내가 민호에게 보냈던 메시지 그대로다. 이것을 지금 다시 내게 보내는 이유는 묻지 않아도 알 수 있다.

오른쪽 손을 살며시 쥐었다 펴면서 왼쪽 가슴에 갖다 대었다.

심장이 쉴 새 없이 쿵쿵 뛰었다.

어깨가 들썩일 만큼 숨을 크게 몰아서 내쉬었다.

그리고 용기를 내서 한 발짝 민호 쪽으로 내디디며 일어섰다.

나답게, 솔직히 내 마음을 전하고 싶어. 너에게.

"민호야!"